데몬 슬레이어즈!

"너…, 그게 어떤 의미인지
알고 하는 말이야?!"
"응…. 그래."

15 데몬 슬레이어즈!

HAJIME KANZAKA **칸자카 하지메**

일러스트 | 아라이즈미 루이

번역 | 김영종

목 차

1. 또 나왔다?! 용과 엘프의 바보 콤비!

그것은.

평범한 일상의 한 장면에서 시작되었다.

"파이어 볼[火炎球]!"

콰아아아아아앙!

내가 쏜 공격 주문 한 방에 모닥불 주위에 앉아 있던 남자 대여섯 명이 훨훨 날아갔다!

"뭐… 뭐냐?!"

"단속인가?!"

"멍청아! 관리는 다짜고짜 공격 주문 같은 거 안 날려! 분명 무섭게 생기고 잔인하기 짝이 없는 어떤 생명체…."

"메가 브랜드[爆裂陣]!"

콰아아아아앙!

내 분노의 제2탄이 도적 1의 잠꼬대를 중단시켰다.

원 참…!

전사이자 천재 마법사, 가련한 미소녀인 나 리나 인버스를 정체불명의 생명체라고 싸잡아 부르다니!

이 자식, 용서 못 해!

마음먹은 김에 그 후 두세 방 공격 주문을 날리려고….

생각한 그 순간!

뒤쪽에서 살기가 일었다!

즉시 나는 앞으로 뛰었고….

그 순간.

쿠웅!

뒤에서 폭발하는 빛의 잔광이 번뜩였다.

—주문 공격인가!

수풀을 뛰쳐나와 거리를 벌리려고 멈춰 선 내 눈앞에, 나뭇잎을 부스럭거리며 등장한 건 온몸을 검은 옷으로 감싼 마법사 차림.

마르고 건조한 공기 속에서 나와 마법사는 대치한다.

흐음….

"혹시…

도적들이 고용한 경호원이야?"

생활이 궁핍한 마법사가 불법적인 일에 손을 대는 건 비교적 흔한 경우다.

"그러는 너는?

관아의 개… 는 아닌 것 같은데…?"

얼굴은 잘 보이지 않지만 목소리로 보건대 젊지는 않다.

그 질문에 나는 가슴을 펴고 말했다.

"훗.

보면 알잖아.

왠지 속이 답답하고 한가하기도 해서 도적들을 때려잡아 스트레스나 풀러 온 거야!"

"어떻게 해야 그런 이유를 '보면' 알 수 있는 거냐?!"

마법사는 나에게 핀잔을 한 번 날리고 입가에 자신만만한 미소를 띠며,

"훗…. 뭐, 좋아….

어쨌거나 나도 이 녀석들에게 신세를 지고 있는 몸….

내 앞에 나타난 걸 불운으로 생각해라!"

말하고 나서 양손으로 손바람을 내며 허공에 인(印)을 새기고 주문을 외우기 시작한다. 주문에 의해 나타난 푸른빛이 땅을 기더니 거대한 역오망성의 마법진을 대지에 그려낸다!

"서… 설마…?!"

내가 내지른 경악의 목소리에 마법사의 입매가 웃는 모양으로 작게 일그러진다.

그리고….

"나와라! 나의 친구, 레서 데몬 자르둔그!"

카악!

마법진의 빛이 압력을 더하더니 그 중심… 빛이 미치지 않는 심연에서 이형의 그림자가 솟아올랐다!

뒤틀린 사지. 어둠의 날개.

그것은 한 마리의 레서 데몬.

"말도… 안 돼…."

나는 떨리는 목소리로 중얼거렸다.

최하급의 마족… 지성이 뛰어나다곤 할 수 없지만 그 마력과 방어력은 어지간한 전사와 마법사에게는 말 그대로 위협.

허나….

"그렇게 커다란 마법진과 거창한 주문을 써서… 불러낸 게 고작 레서 데몬 한 마리…?!

풋… 푸후후훗!"

참지 못하고 웃음을 터뜨리는 나.

"뭐라고?!"

그 말에 화를 내는 마법사.

"하… 하지만… 법석을 떨기에… 대체 뭐가 나오나 했더니…."

"배를 잡고 웃으면서 말하지 마! 너!

레서 데몬의 무서움을 모른다면 자신의 어리석음을 저주하며 죽도록 해라!"

우오오오오!

마법사의 분노에 호응하기라도 하듯 레서 데몬이 달을 보며 울부짖는다!

그래. 그래. 알았어. 알았어.

나는 속으로 대충 주문을 외우고….

그때.

흔들.

세계가.
진동했다.

그렇게밖에 말할 수 없는 감각.

—아닛?!

"뭐냐?! 방금 그건?"

아무래도 그것을 느낀 건 나뿐만이 아닌 듯 눈앞의 마법사 역시 동요한 기색을 내비치고 있다.

바람의 온도도, 공기의 냄새도.

물론 주변 경관에도 아무런 변화가 없는 상태에서 그저 무언가 강렬한 위화감만이 존재했다.

나도, 그리고 마법사도 잠시 무심코 할 말을 잃었다.

그 순간….

우오오오오오오오!

그 묘한 침묵을 깨뜨린 건 레서 데몬의 절규였다.

마치 단말마의 경련처럼 몸을 격렬하게 떨더니….

촤악!

그 등이… 찢어졌다!

―아니!

돋아난 것이다. 갑자기.

바람에 나부끼는 검은 누더기 같은 네 개의 날개가.

무슨 일이 일어났는지는 알 수 없다.

알 수 없지만….

그때 내 등줄기를 따라 흐른 건 불길한 예감.

주저 없이 예감에 따라 나는 외우고 있던 주문을 레서 데몬에게 해방한다!

"에르메키아 란스[烈閃槍]!"

만들어진 빛의 창은 데몬을 향해 직진!

허나 그때.

키이이이잉!

금속 진동음과 비슷한 소리를 내며 레서 데몬의 가슴 앞… 허공에 빛이 만들어지더니 순식간에 어떤 형태를 만들어냈다.

―역오망성의 마법진?!

그것은 내가 쏜 술법과 정면으로 충돌했고….

콰직!

요란한 소리를 내며 내 술법과 함께 소멸했다.

물론 레서 데몬은 흠집 하나 없는 상태.

"아닛…?!"

나는 무심코 소리를 질렀다.

내가 쏜 건 아스트랄 사이드(정신세계)에도 충격을 주는 술법이다.

나는 지금까지 이 술법으로 수많은 레서 데몬과… 혹은 보다 고위의 브라스 데몬들을 저세상으로 보낸 바 있다.

허나….

레서 데몬이 결계를 쳐서 내 술법을 방어한 건 처음이다.

평범한 레서 데몬에겐 마력은 있어도 그런 지혜 따윈 없어야 마땅했다.

"뭐야?! 이 녀석?!"

"모… 몰라!"

혼잣말처럼 중얼거린 나에게 대답한 사람은 그 레서 데몬을 불러낸 마법사.

"이런 일은… 지금까지…!

에잇! 아무래도 좋다!

레서 데몬아!"

그 부름에 그것은 시선을 마법사 쪽으로 돌렸다.

마법사는 내 쪽을 가리키며 말했다.

"저 여자를 해치워라!"

그… 그르르르르….

거대한 짐승의 신음 소리를 내는 레서 데몬 앞에 그 순간 수십 발의 불꽃… 아니, 빛의 창이 출현했다!

그리고….

콰과과과과과과!

어둠에 흰 잔상을 새기며 쏘아댄 빛의 창은 소환한 마법사를 뒤에서 꿰뚫었다!

"……?!"

무슨 일이 일어났는지도 이해하지 못한 채.

마법사는 단말마의 비명조차 지르지 못하고 쓰러졌다.

그리고 레서 데몬은 그 시선을 다음에는 내 쪽으로 돌렸다.

황급히 주문을 외우는 나.

그러나 주문이 완성되기도 전에 레서 데몬 앞에 다시 빛의 창이 모습을 드러내더니 다시 곧바로 발사된다!

내 쪽… 이 아니다.

조금 떨어진 옆쪽에.

비처럼 쏟아지는 빛의 무리가 엉겨 있는 어둠을 뚫었고….

촤악!

새롭게 나타난 은색 잔상이 빛의 창을 떨구어냈다.

말 그대로 레서 데몬이 쏜 빛의 창을 검으로 튕겨낸 것이다.

누구… 인지는 말할 것도 없다.

순간 스쳐 지나간 빛줄기 사이로 떠오른 모습을 볼 것도 없이 이런 일을 해낼 수 있는 검사는 흔하지 않다.

내 여행 동료이자 금발 미남인 초전사. 머릿속은 언제나 여름날 장마 같은 상태. 이름 하여 가우리 가브리에프!

"하아아아아아아앗!"

빛의 창을 다 베어내더니 소리를 지르며 단숨에 레서 데몬과의 거리를 좁힌다.

데몬은 네 개의 날개를 펄럭이며 하늘로 날아올라 도망치려 했지만… 그보다 빨리 가우리가 데몬에게 파고들었다.

여전히… 빠르다!

푸욱!

은색 칼날의 광채에 누더기 같은 검은 날개가 낙엽처럼 떨어지며 곧바로 레서 데몬의 몸이 둘로 나뉘어 쓰러진다.

"야, 리나."

철컥. 검을 칼집에 꽂고 가우리는 한숨 섞인 어조로 말했다.

"또 밤중에 몰래 빠져나와 도적 사냥을…."

"설교는 나중에 해."

가우리의 말을 끊고 나는 진지한 얼굴로 주위에 시선을 돌렸다.

도적들은 미친 레서 데몬이 마법사를 죽이자 그때 이미 겁을 먹고 어딘가로 도망쳐버렸다.

그 레서 데몬도 죽고 주위에서 이미 적의 기척은 사라졌다.

따라서 가우리도 검을 거둔 것인데….

"이 레서 데몬, 갑자기 모습이 변해서 소환한 마법사를 죽여버렸어.

정상이 아니야.

마법사의 제어가 허술했을 가능성도 있지만…

어쩌면…

무언가 다른 일이 일어나고 있을 가능성도 있어.

방심해선 안 돼."

"그… 그런 거야?"

당황해서 주위를 둘러보는 가우리.

허나 물론 이미 주위에 적은 없다.

이것이 바로 필살! 이야기를 돌려서 설교를 피하는 수법!

멍청한 상대에게만 통하는 수법이지만.

—허나.

이때에는 나 역시 아직 눈치채지 못했다.

정말 무슨 일이 일어나고 있다는 것을.

어두운 하늘.

얼어붙은 마을.

한 번 호흡을 할 때마다 몸이 저려올 만큼 차갑고 맑은 공기가
폐부를 잠식한다.

검은 날개를 가진 무언가의 그림자가 수도 없이 하늘을 누비고
있다.

때 아닌 눈이 내리며 모든 소리를 흡수해서 허무와 정적으로 주
위를 감싼다.

흰색과 검은색으로 그려낸 한 장의 그림.

흡사 미친 예언자가 남긴 악몽처럼.

허나 그것은 그림도 아니고 악몽도 아니다.

눈앞에 있는… 현실.

"뭐야… 이게?"

중얼거린 나의 목소리가 떨리고 있는 건 추위 때문일까? 아니면 다른 이유에서일까?

"지금… 겨울… 은 아니지…? 아직…."

내 옆에 서 있는 가우리까지 멍하니 얼빠진 듯 중얼거린다.

도적들을 소탕한 다음 날.

이 작은 마을은 여관을 나와서 큰 마을로 향하는 길 중간의 산골짜기에 위치해 있었다.

데몬들에게 유린당해 얼어붙은 죽음의 마을.

길가를 걷다가 주위가 갑자기 싸늘해지기에 묘하다고는 생각했지만….

나지막한 언덕을 넘자 이 광경이 보였던 것이다.

"가자! 가우리!"

말하고 나서 달리기 시작한 내 뒤에서 반발짝쯤 뒤처져서 가우리도 달려온다.

"가다니…?"

"데몬들이 아직 어슬렁거리고 있다는 말은 아직 살아 있는 사람이 있을지도 모른다는 소리잖아!"

"알았어!"

대답하는 가우리에게 고개를 끄덕이고 나는 주문을 외우기 시작했다.

아직 마을까지는 거리가 있다.

전력 질주를 계속하다가 도착했을 때 싸울 체력을 모두 소진한다면 의미가 없다.

나는 가우리의 손을 잡고 증폭한 고속 비행의 술법을 발동시켰다!

"레이 윙[翔封界]!"

바람의 결계에 둘러싸인 채 두 사람은 그대로 직진!

마을은 점점 시야 속에서 커져갔지만 그 안에 사람의 움직임은 전혀 보이지 않는다.

집 안에 숨어 있는 건지 아니면….

불길한 마음을 떨쳐내며 얼마 지나지 않아 나와 가우리 두 사람은 그곳에 도착했다.

―그곳은 그야말로 죽음의 마을.

멀리서 봤을 때에는 몰랐지만 거리 이곳저곳에는 데몬들에게 죽임을 당한 사람들이 나뒹굴고 있었다.

체온을 잃은 몸 위로 눈이 쌓여서 과거에는 생명이 있었던 그 모습을 흰 경치의 일부로 만들고 있다.

아무래도 집 안으로 대피한 사람들도 많은 듯 거의 모든 집들의 창과 문은 굳게 닫혀 있다.

움직이는 게 있다고 하면 퍼붓는 눈과 데몬들의 그림자….

그 그림자 몇 개가….

우리의 모습을 발견한 듯 이쪽으로 다가왔다!

그것은 어젯밤 본 것과 마찬가지로 네 개의 찌그러진 날개를 가진 실루엣.

"가자, 가우리!"

"응!"

가우리는 검을 뽑아 들었고 나는 속으로 주문을 외쳤다.

지금 이쪽으로 오고 있는 건 대여섯 마리 정도지만 데몬 전체의 숫자는 알 수 없다.

이곳이 마을 안이 아니었다면 드래곤 슬레이브 같은 걸로 한 방에 날려버릴 수도 있을 텐데….

우오오오오오오오오!

원한에 찬 신음을 내뱉듯 데몬들이 외치자, 무수한 빛의 화살이 쏟아지는 눈을 김으로 바꾸어 우리 쪽으로 날아왔다!

조준은 정확! 허나 오히려 그래서 피하기 쉽다!

나와 가우리는 전력 질주해서 옆쪽의 골목길로 뛰어들었다.

콰아앙!

빛의 화살은 허무하게 땅에 충돌해 흩어지며 성대한 소리와 김을 만들어냈다.

우리를 추격하기 위해 데몬들 중 일부는 땅에 내려섰고, 다른 일부는 날개를 치며 골목 입구를 들여다보았다.

그곳에….

"브람 블레이저[青魔烈彈波]!"

콰아!

내가 쏜 푸른빛의 충격파가 지상에 모여 있던 데몬 몇 마리를 쓸어버렸다!

어쩌면 이 녀석들도 어젯밤의 그 데몬처럼 방어 결계를 쓸 수 있을지 모르지만, 역시 허를 찔리면 어떻게 해볼 수 없는 것이리라.

공중에 있던 데몬들의 시선이 이쪽으로 쏟아졌다.

그러나….

"오오오오오오오!"

그때에는 이미 골목 좌우에 있는 벽을 번갈아 걷어차 높은 곳까지 뛰어오른 가우리가 소리를 지르며 공중에 있는 데몬들을 덮치고 있었다!

한 마리의 머리를 가르고, 그 등을 걷어차 궤도를 바꾼 다음 다른 한 마리의 날개를 베고 착지하자마자 또 한 마리.

남은 데몬의 주의가 나에게서 가우리에게로 옮겨간다.

그 틈에 주문을 외우던 나는 골목을 뛰쳐나갔다.

날개를 베여 추락한 데몬과 부주의하게 다가온 한 마리를 가우리는 너무나 쉽게 베어버렸고….

남은 마지막 한 마리는 상대가 되지 못한다는 걸 깨달았는지, 아니면 공중에서 공격할 생각인지 날개를 크게 펄럭이며 검이 닿지 않는 허공으로 날아올랐다.

허나….

그때 이미 내 주문은 완성된 상태였다!

"제라스 브리드[獸王牙操彈]!"

내가 쏜 빛의 띠가 데몬을 향해 돌진한다!

키이이이잉…!

어젯밤과 마찬가지로 신음 소리와 함께 데몬 앞에 빛의 방어 결계가 만들어졌다.

그러나….

이 술법은 그런 것으로 막을 수 있을 만큼 약하지 않다!

콰앙!

빛의 띠는 방어 결계를 날려버리고 그대로 데몬의 몸을 꿰뚫었다!

데몬은 힘을 잃고 추락해서 주위에 눈발을 튀겼다.

이로써 우리에게 날아온 녀석들은 일단 해치웠다.

문제는 이것 말고도 다른 곳에 얼마나 더 많은 숫자가 남아 있느냐 하는 것.

"모조리 해치우고 다닐 수밖에 없겠어….

다른 데로 가보자!"

"잠깐!"

기세등등하게 달려 나가는 나를 가우리의 목소리가 멈춰 세웠다.

─느끼고 있는 것이다.

무언가의 기척을.

나도 시선을 돌려 주위의 기척을 살폈다.

온통 흰색.

나뒹구는 시체.

움직이는 것이라면 여전히 내리고 있는 눈. 그것뿐.

얼마 동안 눈과 침묵만이 그 공간을 채웠고….

"이제 그만 나오는 게 어때?"

가우리가 시선을 돌리고 별안간 소리를 질렀다.

그 얼굴이 향한 곳은 조금 떨어진 민가의 지붕 근처였다.

"엿보고 싶어서 그런 곳에 있는 건 아니지? 결판을 내고 싶다면 얼른 내자고."

부스럭….

가우리의 부름에 응해서 지붕 위에서 붉은 사람의 그림자가 몸을 일으켰다. 그것은 땅에 내려오더니 느린 걸음걸이로 우리 쪽을 향해 걸어….

—이이익!

다가옴에 따라 분명해진 그것의 모습에 나는 무심코 몸을 뒤로 뺐다.

—꽤 예전에….

어딘가의 마법사 협회 도서관에서 본 적이 있는 '인체의 근육' 그림.

눈앞의 상대는 그것과 똑같은 겉모습을 하고 있었다.

가죽을 벗긴 인간의 모습.

다만 양눈은 없고 대신 그 부분에선 핏빛 돌기 두 개가 뻗어 나와 꿈틀거리고 있다.

그렇다. 마치 달팽이의 눈처럼.

물론 이런 외모를 가진 녀석이 정상적인 인간이나 정상적인 괴물일 리 없다.

―마족.

그나저나 매번 그렇지만… 실로 기분 나쁜 외모이다.

"보통 녀석이 아니군. 내 존재를 눈치채다니."

그는 우리에게서 조금 떨어진 곳에 멈춰 서서 입술이 없는 탓에 잇몸이 드러난 입을 움직여 가우리에게 말했다.

"우리가 누구든 상관없어.

마을을 습격해서 그 공포를 자신의 양식으로 삼는…

너희에게는 점심 식사 같은 거겠지만…

민폐니까 그만하지 않을래?"

"호오…."

옆에서 끼어든 나에게 마족은 흥미롭다는 듯 시선… 이랄까, 촉수 끝을 내 쪽으로 돌리고 말한다.

"조금은 마족에 대해서 알고 있는 모양이군….

그럼 순마족의 무서움을 모를 리 없으련만.

어지간히 실력에 자신 있는 것 같은데…

시험해봐도 괜찮겠지?"

"거절해도 시험할 생각이잖아."

내 말에 마족의 입가 근육이 일그러졌다.

마치 웃는 것처럼.

"알고 있으면 이야기는 빠르지.

그럼… 간다!"

선언과 동시에 마족은 두 발에 힘을 주고 두 주먹을 허리춤으로 가져갔다.

그 순간.

부부부부부부부부부부붕!

날벌레의 울음소리와 비슷한 소리가 울려 퍼지자 마족 주위에 내리던 눈이 튕겨나갔다.

만들어진 보이지 않는 진동파는 눈을 쓸어내며 가우리 쪽으로 날아간다!

가우리는 그것을 피하지도 않고 정면으로 돌진!

"멍청한 놈!"

마족의 조소. 그러나.

"핫!"

부웅!

가우리가 검을 한 번 휘두르자 소리가 튕겨나갔다.

주위에 내리는 눈 덕분에 본래는 보이지 않는 힘의 흐름을 잘 알 수 있다.

검으로 진동파를 베어냈던 것이다.

"아닛…?!"

마족이 흘리는 경악의 목소리.

그러나 가우리도 완전히 진동파를 상쇄하진 못했는지 그 자리에서 발을 멈추었다.

적에게 생겨난 한순간의 허점. 이것을 놓칠 순 없는 일!

나는 외운 주문을 해방했다!

"다이나스트…!"

허나.

내가 '힘 있는 말'을 해방하기도 전에.

부부부부부바바바바바바바!

마족이 다시 진동파를 만들어서 쌓여 있던 눈을 흩날리며 시야를 온통 흰색으로 메웠다.

ㅡ눈가림인가?!

개의치 않고 어림짐작으로 술법을 쏘는 나.

"브라스!"

파바바바밧!

뿜어나가는 마력의 번갯불이 눈안개 저편에서 푸르스름한 광채를 흩뿌리며 순식간에 눈을 소멸시켰다.

허나… 반응은 없다.

그 순간.

뒤에 이는 살기!

"리나!"

즉시 방어에 나선 가우리가 들고 있던 검을 휘둘렀다!

퍼엉!

다시 울려 퍼지는 파열음.

내 뒤로 이동해서 마족이 쏜 일격을 다시 가우리의 검이 베어냈던 거지만…

이 진동파는 여파만으로도 귓전에서 풍선을 터뜨린 것 같다고나 할까… 꽤 견뎌내기 힘든 면이 있다.

만약 정통으로 맞았다면 잘해야 충격으로 전투 불능, 잘못하면 순식간에 몸이 날아가지 않았을까?

"고마워, 가우리."

말하고 나서 나는 주문을 외우기 시작했다.

그리고.

이변을 깨달았다.

사라졌던 것이다.

마족이 내뿜던 예리한 살기가.

상대가 모습을 감춘 건 아니다.

흩날리던 눈안개가 가라앉자 우리와 거리를 벌린 채 서 있는 마족의 모습이 있었다.

허나… 이제 살기도, 적의도 없다.

대신 마족이 내뿜고 있는 것은….

곤혹스러운… 기색?

"리나… 가우리…."

마족은 무언가 난처한 듯 우리의 이름을 중얼거렸다.

"알고 있어? 우리의 이름을?"

도발하듯 말하는 나.

—뭐, 나도, 가우리도 지금까지 마족을 상대로 여러 가지 일들을 벌여왔으니 이 녀석들 사이에 이름이 알려져 있을 가능성도 분명 있긴 하다.

—물론 눈앞에 있는 순마족이라는 녀석은 그에 겁을 먹고 도망칠 만큼 귀여운 존재도 아니지만.

"리나… 인버스…. 가우리… 가브리에프…."

알고 있다. 역시. 우리의 이름을.

"그렇게 마음에 걸려? 우리의 이름이."

가우리가 말한 그 순간.

마족이… 도약했다!

크게 뒤쪽으로.

"으잉…?"

멍한 표정을 보이는 나를 아랑곳하지 않고 마족은 등을 돌리고 땅에서 지붕으로, 지붕에서 지붕으로 이동하며 내리는 흰 눈 저편으로 녹아드는 듯이 모습을 감추었다.

너무나 순순히.

그리고 여러 개의 날개 소리가 멀어진다.

…….

물러… 난 건가…?

게다가 친절하게 하급 데몬들까지 데리고?

"굉장해, 리나."

기척이 완전히 사라진 후.

검을 거둔 가우리는 내 머리에 손을 얹고 말했다.

"도적뿐인 줄 알았더니… 마족까지 네 이름만 듣고 도망쳐버렸어."

"그럴 리가 없잖아아아아아아아!"

퍼어어억!

내가 날린 필살 어퍼컷은 가우리를 눈 위에 때려눕혔다.

마을에는 긴장된 공기로 가득 차 있었다.

병사들의 모습이 자주 눈에 띄고 길을 가는 사람들도 긴장된 분위기를 띠고 있다.

뭐, 무리도 아닌 일이지만.

—내 눈앞에서 레서 데몬이 이상한 형태로 변화한 그날 밤부터 오늘까지 대략 열흘.

그동안 각지에서 기상 이변과 데몬들의 마을 습격이 빈발했던 것이다.

"저기, 리나…."

오늘 밤 묵을 여관을 잡기 위해 큰길을 걸으면서.

가우리가 입을 열었다.

"왠지… 전에도 이런 분위기가 있지 않았어?"

"있었지."

선뜻 질문에 대답하는 나.

"딜스에서 사건이 일어나기 얼마 전…,

그때에도 마을들이 이런 분위기였잖아."

"오, 그러고 보니."

납득했다는 얼굴로 속 편하게 손을 탁 치는 가우리.

원 참…. 정말로 알고 있는 거야? 이 녀석….

그때에는 겉으로 드러나지 않은 곳에서 거물 마족 다이나스트 (패왕) 그라우쉐라가 암약하는 바람에,

역시 각지에서 레서 데몬과 브라스 데몬 등의 하급 마족이 대량 발생해서 마을을 습격하는 사건이 빈발했었다.

그 사건은 일단 해결되었는데….

사람들의 기억에는 그때의 불안과 공포가 아직 뿌리 깊게 자리 잡고 있을 터.

이번 사건은 그것을 일깨우고 있는 것이다.

그리고 지금 같은 일이 일어나고 있다는 말은….

"……?!"

이것저것 생각하면서 마을을 둘러보다가….

나는 무심코 작게 숨을 삼켰다.

─방금 그건…?!

당황해서 달려가는 나.

"이, 이봐, 리나?!"

가우리의 목소리를 무시하고 나는 거리를 내달려 골목길을 들여다보았다.

아무도… 없다….

"왜 그래? 갑자기?"

"아, 아무것도 아냐. 아무것도.

잠시 착각했나 봐."

가우리의 질문에 나는 말문을 흐렸다.

"아는 사람의 뒷모습을 본 것 같아서 말야."

"흐음."

내 적당한 설명에 가우리는 건성으로 맞장구를 쳤다.

그렇다. 잘못 본 게 틀림없다.

누군가와 닮은 사람은 얼마든지 있고 하물며 그것이 언뜻 보인 뒷모습이라면….

"뭐, 어쨌거나 여관을…."

그렇게 말하는 내 말을 끊고.

멀리서 비명이 마을 안에 울려 퍼졌다.

…….

나와 가우리 두 사람은 잠시 아무 말 없이 얼굴을 마주 본 후….

큰길을 돌아보니 한쪽에서 혼란스러운 공기와 비명 등이 물결처럼 전파되고 있었다.

—마족이다! 마족이 공격했다.

뒤섞인 비명 속에서 그 목소리를 듣고.

나와 가우리 두 사람은 동시에 달려갔다.

혼란이 생겨난 쪽으로.

도망치는 사람들의 인파를 헤치고 나아가자 별안간 그 흐름이 끊겼다.

아무래도 현장에 가까이 온 모양이다.

그 후 좀 더 나아가자 큰길에 나뒹굴고 있는 것은….

데몬의 시체…?

마을 경비병들이 해치운 건가?

—그러나 주위에는 경비병들의 모습도, 그들의 유해도 보이지 않는다.

레서 데몬과 브라스 데몬 같은 하급 마족은 나와 가우리에게는 조무래기지만 평범한 전사나 마법사에게는 버거운 상대라고 해도 좋다.

이런 말을 하긴 뭐하지만 평범한 마을 경비병들이 아무런 피해 없이 해치울 수 있을 만큼 만만한 상대는 아니다.

그렇다면 이런 일을 한 사람은….

"리나! 온다!"

가우리의 목소리가 내 생각을 중단시켰다.

그 말에 시선을 돌려보니 우리를 발견한 듯 하늘에서 날개 달린 데몬 네 마리 정도가 우리 쪽으로 날아오고 있었다.

가우리는 검을 뽑아 들었고 나는 속으로 주문을 외우기 시작했다.

우오오오오!

데몬들이 소리를 지르자 그 눈앞에 빛 화살의 무리가 흐릿하게
….

나타나려던 그 순간.

콰과과과과과!

옆에서 날아온 십여 발의 광탄이 그 데몬들을 허공에서 분쇄했
다!

—방금 그 공격은?!

"이곳은 위험하다."

그 목소리는 바로 앞쪽 모퉁이 뒤에서 들려왔다.

그리고 모습을 드러낸 사람은 한 남자….

"안전한 장소로 대피…."

말하던 남자의 목소리가 중간에 멈추었다.

나와 가우리의 모습을 발견하고.

그렇다. 그것은.

내가 아는 얼굴이었다.

그쪽도 우리를 알고 있다.

금발에 꽤 잘생긴 중년 남성. 푸른 옷 위로 가죽 갑옷과 비슷한
라이트 아머를 몸에 두르고 있다.

—하지만 이것은 그의 진짜 모습이 아니다.

마족들이 사는 카타트 산맥에 인접한 곳.

드래곤스 피크의 용들을 통솔하는 골든 드래곤의 장로 미르가
지아 씨.

그것이 바로 그의 정체이다.

변신 마법을 써서 사람의 모습으로 변하면 그는 이런 외모를 하
고 있는 것이다.

"당신은….."

"미르가지아다, 미르가지아. 이름으로 불러주길 바란다, 인간
이여."

"아, 예, 예."

입을 연 가우리의 말을 끊고 바싹 붙어서 다짜고짜 쏘아붙이는
미르가지아 씨.

으음… 전에 가우리가 악의 없이 도마뱀이라 불렀던 걸 어지간
히 마음에 두고 있는 모양이구먼….

"오랜만… 일 정도는 아니군, 인간들이여.

하지만 너희들이라면 도와줄 필요도 없었나."

"미르가지아 씨!

어째서 이런 곳에…. 아! 지금은 이야기를 나눌 때가 아닌가?

일단 데몬들을!"

"걱정 마라.

와 있는 건 나뿐만이 아니니까.

저 정도의 하급 마족이라면 맡겨두어도 문제없을 거다."

잉…? 그 말은….

내 얼굴에서 단숨에 핏기가 가시는 걸 스스로도 분명히 알 수 있었다.

"왜 그래? 안색이 변했는데."

"저기… '나뿐만이 아니다'라면… 혹시 함께 온 사람은…."

내가 채 말을 끝내기도 전에.

찌잉!

콰아아아아아아앙!

어딘가에서 발사된 흰 빛이 주위에 있는 건물과 함께 데몬 몇 마리를 휩쓸어버렸다.

"……."

"……."

"문제… 있다고 생각해. 난."

가우리의 중얼거림에 미르가지아 씨는 대답할 말을 찾지 못했다. 그리고 그 옆에서.

마구잡이로 쏘아대는 흰 빛을 바라보며 나는 완전히 힘이 빠져버렸다.

아아아아아아아. 또 저질렀어. 저 바보 엘프.

그렇게 속으로 투덜거리며.

데몬들을 모두 해치우는 데 그리 많은 시간은 걸리지 않았다.

허나 마을이 입은 피해는 컸다.

원인은… 묻지 말아줘. 부탁이니까.

"하지만 어째서 굳이 다른 마을로 가야 하는 거죠? 우리는 마을의 은인이라고요!"

"자각 없는 소리 좀 하지 마아아아아아!"

퍼어어어어억!

주저 없이 망설임 없이 곧바로.

나는 품속에서 꺼낸 슬리퍼로 상대의 뒤통수를 가격했다.

상대….

편식하는데다 제멋대로인 성격에 흰 갑옷을 입은 무분별한 금발 미인!

얼마 전 미르가지아 씨와 함께 만난 적 있는 엘프, 멤피스 라인소드.

"아무 데서나 레이저 브레스를 펑펑 쏘는 게 어디 있어! 건물의 피해에 관해선 데몬들보다 네가 입힌 피해가 훨씬 더 크다고!

그런데도 태연히 그 마을에 있을 수 있을 거라고 생각해?"

데몬들을 해치운 뒤.

나, 가우리, 미르가지아 씨, 그리고 멤피스… 즉 메피 네 사람은 잽싸게 마을을 떠나 다른 마을로 이어진 길로 접어들었다.

"사람이 없는 걸 확인하고 쐈다고요!"

"없다고 해서 쏴도 되는 건 아니야아아아!"

항의하는 메피에게 되받아치는 나.

뭐, 나도 가끔 그런 짓을 저지르곤 하지만.

여하튼 그건 둘째치고.

"데몬을 격퇴해준 건 고맙지만 부순 건물을 변상하라고 하는 녀석은 분명히 있을 거라고!

아니면 메피 너, 그 마을에서 토목 공사라도 하고 싶은 거야?"

"우… 그건…."

나의 질문에 그녀는 말끝을 흐리며 시선을 돌리더니,

"그… 그건 둘째치고…

어째서 품속에 슬리퍼 같은 걸 가지고 있는 건가요?!

인간은 정말 이해가 안 돼요."

"가지고 다니면 여러모로 편리하니까 그래!"

영문을 알 수 없는 대답을 단호하게 던지는 내 앞에서 그녀는 잠시 굳어지더니….

손을 탁 치고 미르가지아 씨와 시선을 교환했다.

"그렇군요. 확실히 그건 편리할 것 같아요, 미르가지아 아저씨."

"음, 우리도 다음에 시험해볼까?"

"인간도 가끔은 도움이 되는 소리를 하네요."

아니…, 거기서 그런 이유를 알 수 없는 감탄을 하는 것도….

저기…, 내 입으로 말하기도 뭐하지만… 용과 엘프의 사고방식은 정말 모르겠다니깐요.

품속에서 별안간 꺼낸 슬리퍼를 무언가에 편리하게 쓰는 드래곤과 엘프라니… 상상만 해도 왠지 기분이 나빠지는데….

"뭐, 뭐… 그건 둘째치고…."

인간이 이해할 수 없는 무언가에 계속 감탄하고 있는 두 사람에게 나는 마음을 고쳐먹고 물었다.

"두 사람이 다시 인간 마을에 온 건 역시 이 데몬 발생 사건 때문에?"

"음."

내 질문에 미르가지아 씨는 진지한 얼굴로—이 사람은 언제나 진지한 얼굴이지만—고개를 끄덕이고,

"지난번의 다이나스트(패왕) 그라우쉐라의 암약.

그라우쉐라 자신은 그 데몬 대량 발생을 두고 '단순한 식사'라고 했지만 그 말을 그대로 믿을 생각은 없다."

"그렇다면…."

미르가지아 씨는 고개를 끄덕였다.

"마족이 강마전쟁의 재현을 노리고 있을 가능성이 아직 완전히 사라진 건 아니다.

나는 그렇게 생각한다.

어쨌거나…

이 데몬들의 이상 발생이 우리 드래곤과 엘프에게 직접 피해가 없다고 해도 그냥 두고 볼 수는 없지."

"그렇게 말해주시니 기쁘네요.

그런데 이번… 데몬들의 발생과 거의 동시에 일어나기 시작한 각지의 기상 이변… 그것도 사건과 관계가 있다고 생각해요?"

"솔직히 뭐라고 말할 수 없군.

허나 날씨까지 조종할 수 있는 마족이 있을 거라곤 생각하기 힘들다."

"역시 그 정도의 힘은 없다는… 소린가요?"

"아니.

과거에 플레어 드래곤(적룡신) 쉬피드와 루비 아이 샤브라니구두가 싸웠을 때에는 '잠든 용'이라 불리던 대륙의 절반이 증발했다고 들었다.

물론 단순한 전설일지 모르지만 어쨌거나 고위 마족이라면 부분적으로 기후에 영향을 줄 수 있는 정도의 힘은 있겠지.

허나 그러려면 당연히 막대한 힘이 필요해진다. 그 정도 힘을 소비하면서까지 기후에 영향을 미칠 이유는 없지."

"그렇군요…."

"그러고 보니 미르가지아 아저씨, 이틀 전 들렀던 마을도 이상할 만큼 더웠네요. 데몬은 안 나왔지만."

"더웠다고?"

옆에서 건넨 메피의 말에 나는 무심코 미간을 좁혔다.

"나와 가우리가 열흘 전쯤 갔던 마을은 엄청 추웠는데."

"어머, 그건 그저 당신이 추위를 잘 타기 때문 아니에요?"

"그게 아니야아아!

얼마나 추웠느냐 하면… 음…

미르가지아 씨가 날린 개그의 썰렁함을 60 정도라고 하면…."

"잠깐만, 인간."

미르가지아 씨의 항의를 무시하고 나는 말을 이었다.

"그 추위는 2.7 정도는 됐어."

"소수점?!"

"잠깐! 그게 무슨 의미냐? 인간이여!"

"아니. 무슨 의미고 뭐고… 그 말 그대로의 의미인데요…."

"뭣이?!"

골든 드래곤의 장로에게 깊은 동요의 빛이 떠올랐다.

"설마… 내가 날린 개그가 썰렁하다는…."

"아니, 그건 썰렁한 정도의 수준이 아니라 일종의 정신 파괴 공격이에요.

아, 참고로 이 수치는 5 정도에 대부분의 생명체가 생존이 불가능."

"생존이 불가능할 정도라고?! 큭…!"

미르가지아 씨는 주먹을 꽉 움켜쥐었다.

"한때는 사람들로부터 '유쾌한 미르가지아 씨'로까지 불리던 나의 시대는 끝났다는 말인가…."

언제 시작되기라도 했어? 당신의 시대가.

낙담하는 미르가지아 씨에게 메피는 덥석! 매달렸다.

"그렇지 않아요! 미르가지아 아저씨! 아저씨의 개그는 언제나 엄청 웃기다고요!

수명도 짧고 감성적인 면에서 미숙한 인간들은 아저씨의 개그가 너무 수준 높아서 못 따라가는 게 분명해요!

실제로 아저씨의 18번, 옆집 공터에 울타리가 생겼다는 이야기는… 생각만 해도… 푸후홋!"

떠올리고 웃음을 터뜨리고 있는데 미안하지만… 왠지… 그 말만으로도 굉장히 시시하게 느껴지는데…. 그 이야기….

역시 전… 드래곤과 엘프의 센스는 모르겠다니깐요….

"그… 그래! 나에겐 그 개그가 있다!"

어떻게든 부활한 미르가지아 씨는 내 쪽을 척! 가리켰다.

"그럼 이번에야말로 잘 듣도록 해라! 인간이여! 내 최강의 개그를!"

"자…! 잠깐만요, 미르가지아 씨! 이야기가 딴 데로 샜어요!"

황급히 제지하고 이야기를 돌리려는 나.

인간과 감성이 엇갈려 있는 미르가지아 씨와 메피가 '가장 재미있다'고 하는 개그를 듣는 날에는 그땐 정말 정신이 붕괴할지 모른다.

엉뚱한 이야기를 시작한 건 나 자신이었지만 그건 일단 접어두고.

"마족이 무엇을 노리고 있는지 하는 이야기였다고요!

무언가… 실마리라든지, 어디로 가야 하는지 하는 그런 거 없어요?

아니면 어떻게 움직여야 할지 모른다고요."

"확실히… 그건 문제이긴 하지."

내 말에 반응을 보이는 미르가지아 씨.

좋았어. 절대적인 위기는 피했다!

"무슨 일이 일어나고 있는 것만은 틀림없어.

어쩌면 다이나스트(패왕) 그라우쉐라 때처럼 고위 마족이 관여하고 있을지도 모르지만….

놈들이 기척을 숨기고 있다면 우리가 간파할 순 없는 일이야.

실제로 나와 메피가 이렇게 다시 인간들의 마을로 내려온 것도, 두고만 볼 수는 없다는 이유도 있지만, 동시에 실마리를 찾아 원인을 규명하는 게 가장 큰 목적이니까."

"흐음…. 그렇군요….

하지만 실마리라고 해도… 설마 데몬들에게 직접 물어볼 수는 없을 테고…

목적 없이 여기저기 돌아다녀봤자 별수 없을 것 같은데…."

"그건 그렇지.

그러나 실제로 그 실마리를 찾을 방법조차 알 수 없다면…."

"그럼 해야 할 일은 하나뿐이네요."

"호오, 뭐지?"

그렇게 묻는 미르가지아 씨에게 나는 손가락 하나를 척 세우고 말했다.

"이제 그런 건 잊고 즐겁게 사는 것."

"지금 무슨 생각을 하는 건가요?!"

"그걸로는 해결책이 안 된다, 인간이여."

나의 멋진 제안에 메피와 미르가지아 씨가 동시에 핀잔을 날렸다.

"노… 농담이에요.

하지만… 실제로 손쓸 도리가 없다는 것만은 사실이잖아요?"

"으음…."

"그건… 그렇지만…."

"뭐야. 그거라면 걱정할 필요 없어."

고민하는 일동 옆에서 넉살 좋은 목소리를 낸 사람은 남은 한 사람… 말할 것도 없이 가우리였다.

"무슨 소리야? 걱정할 필요 없다니."

"이 정도 멤버가 모였으니 머지않아 사건이 알아서 찾아올 거야.

여느 때처럼."

"'여느 때처럼'이라고 말하지 마아아아아! 정말 그럴 것 같아서 조금도 기쁘지 않다고오오오오!"

진심이 섞인 내 절규가 인적이 없는 길가에 메아리쳤다.

자랑은 아니지만 습격받는 것에는 익숙하다.

상대가 마족이라고 해도.

가령 인적 없는 길가의 수풀 속에서 적의를 느끼고 상대의 존재를 감지한다거나.

혹은 여관방에서 불길한 예감에 잠에서 깨어 창 밖에 서 있는 상대를 느끼기도 했다.

허나 그래도…. 대낮에 붐비는 음식점 문을 열고 마족이 당당히 들어온 것은….

첫 경험이었다.

처음 한순간. 아무도 아무런 주의를 기울이지 않았다.

아주 당연하다는 듯 입구에 달린 종이 울리며 문이 열렸고 아주 당연하다는 듯 그것은 가게 안으로 들어왔다.

뭐라고 설명하면 좋으려나.

굳이 예를 들자면… 고목이 덩치 큰 인간의 차림을 하고 있는… 그런 모습이었다.

눈과 입의 위치에 구멍이라도 있으면 나름대로 우스꽝스러울지도 모르지만 입은 없고 이상스레 큰데다 핏대가 선 안구가 이리저리 움직이고 있다.

그것은 천천히 가게 안으로 들어오더니 마치 기다리는 일행을 찾는 듯 안을 빙 둘러보았다.

맨 처음 이상하다고 눈치챈 게 누구였을까?

―이상한 표현이지만… 술렁이던 가게 안에 침묵이 파문처럼 번져갔다.

그리고 찾아온… 완전한 정적.

음식점 한구석 테이블에서 식사를 하고 있던 우리도 한순간 무슨 일이 일어났는지 이해하지 못하고 잠시 경직했다.

정신을 차린 우리가 어떤 행동을 하기도 전에.

그것이 움직였다.

휘익!

고목으로밖에 보이지 않는 양손이 바람을 갈랐고….

그 옆에 있던 손님들이 피를 뿜으며 쓰러졌다!

비명이.

순식간에 가게 안을 가득 채웠다.

혼란에 빠진 손님들이 이곳저곳 되는대로 도망치기 시작했다.

그 흐름을 빠져나와 가우리가 마족에게 가까이 다가갔다!

이렇게나 사람의 흐름이 혼잡해선 위험해서 마법 같은 원거리 공격은 쓸 수 없다. 그렇다면 믿을 건 그의 검!

허나 마족 역시 한발 앞서 자신에게 다가오는 가우리의 존재를 간파했다.

한 손을 가우리 쪽으로 뻗자… 그 손가락이 늘어나서 가우리에게 날아간다.

그러나 그런 직선적인 공격이 통할 가우리가 아니다.

손가락을 피하고 지나치면서 잘라버린다.

그대로 마족에게 돌진해서….

푸욱!

은색 궤적이 번뜩이자 고목 마족은 너무나 허망하게 비스듬히 베여서 쓰러졌다.

"조심해, 가우리!"

나는 소리를 질렀다.

"너무 허약했어!"

"알고 있어!"

가우리가 대답한 그 순간.

맨 처음 일격에 잘려나가서 바닥에 박혔던 마족의 손가락이 부풀어 오르더니 순식간에 고목 마족의 모습을 되찾았다.

―이쪽이 본체였어?!

그 기척을 느끼고 가우리가 돌아본 그 순간.

베인 고목 마족의 뿌리 부분에서 역시 같은 모습의 마족이 재생했다!

―언젠가 보았던 붉은 공과 회색 공처럼 두 마리가 한 쌍인 복합 마족인가?!

나와 미르가지아 씨, 메피는 혼란에 빠져 도망쳐 다니는 인파 때문에 아직 엄호를 할 태세를 갖추지 못한 상태였다.

똑같이 생긴 두 마리 마족은 쭉 뻗은 손가락을 화살로 바꾸어 가우리를 향해서 쏘았다!

날아오는 그것들에게 가우리는 검을 겨누고….

파악!

허나.

그 검이 휘둘러지기도 전에.

날아온 화살의 무리는 폭발음과 비슷한 소리와 함께 터지더니 허무하게 바닥에 떨어졌다.

"이건…?"

고목 마족 1이 건방지게도 인간의 말로 중얼거리며 시선을 돌린 그곳에는….

이익?!

같은 쪽을 돌아보고 나는 무심코 몸을 뒤로 뺐다.

혼란스러운 사람들 속.

그 한복판에 서 있는 건 언젠가 얼어붙은 마을에서 만난 달팽이 눈의 마족이었다.

이 녀석! 대체 어느 틈에?!

아마 이 녀석의 출현 역시 손님들의 혼란을 초래했을 것이다.

그러나 이 녀석의 기척을 눈치채지 못한 것은….

이유는 금방 알았다.

우리에 대한 적의가 전혀 느껴지지 않았던 것이다.

아니. 오히려.

고목 마족의 반응을 보건대 방금 그 공격을 막은 건 이 근육 표본 마족으로 보인다.

허나 무얼 위해서?

—생각은 나중에 해도 된다! 일단 지금은 눈앞의 적을 해치울 뿐!

하지만 우리의 주변에는 여전히 혼란에 빠져 이리저리 내달리는 사람들이….

…….

으득.

"얍."

털썩.

"으헉!"

털썩!

"커헉!"

"무… 무슨 짓이냐?! 인간 여자여?!"

"기절시키기."

인파 뒤쪽에서 묻는 미르가지아 씨에게 나는 짧게 대답했다.

"소란이 진정되지 않으니 비록 조금 거칠더라도 우리가 진정시켜야 하잖아요?

아니면 모두 끝장이라고요!"

"그건 그렇네요."

"넌 동의하지 마, 과격 엘프!"

내 핀잔을 들었는지 못 들었는지, 아니면 일부러 무시했는지.

퍼엉!

메피가 두른 흰 갑옷이 폭발하듯 크게 벌어지더니 흰 날개로 변해 펼쳐졌다.

""으아악!""

철퍼덕!

날개에 맞은 사람들은 훨훨 날아가서 정신을 잃었다.

"무슨 짓이야?! 이 무분별한 엘프!"

"당신과 똑같은 짓을 했을 뿐이잖아요!"

"나는 괜찮아!"

"그럴 리 없잖아요!

그런 것보다 여하튼 이젠 좀 움직일 수 있을 것 같네요."

"그건 그래."

확실히.

방금 나와 메피의 활약으로 주위에서 쓸데없이 어슬렁거리던 사람들은 사라졌다.

왠지… 가게 구석에 모여 있는 사람들이 마족을 보는 것과 똑같은 눈으로 우리를 보고 있는 것 같다는 느낌이 들지만….

물론 그런 건 기분 탓이다! (단호.)

겨우 엄호할 수 있을 만한 공간을 확보하고 나는 속으로 주문을 외웠다.

허나. 그것이 완성되기도 전에.

촤악!

안쪽에 있던 고목 마족이 그 손끝을 길게 뻗었다.

목표는 가우리… 가 아니라 천장!

끝을 천장에 박더니 그곳을 중심으로 몸을 흔들어 가우리가 있는 곳을 크게 우회해서 다른 한 마리의 고목 마족과 합류한다.

보폭을 맞추고 손에 손을 잡더니….

끼이익….

말 그대로 나무가 삐걱거리는 소리를 내며 두 마리의 마족은 서로에게 서로의 몸을 포개듯이 융합해서 순식간에 한 마리로 돌아갔고….

주저 없이.

발길을 돌려 가게 밖으로 뛰쳐나갔다.

그것을 확인하자 뒤를 이어 근육 표본 마족이 바닥에 빨려드는 형상으로 모습을 감춘다.

"칫!"

신음하고 밖으로 뛰쳐나가는 가우리.

나도 황급히 그 뒤를 따른다.

물론 이런 경우 쫓아가는 건 금물이지만 가게 밖에는 당연히 거리가 있고 사람의 왕래가 있다.

어쩌면 무슨 일인가 해서 몰려든 구경꾼이 있을지도 모른다.

그 한복판으로 마족이 뛰어들기라도 하면 어떤 참사가 벌어질지….

나는 문을 열어젖히고….

퍼억!

"읍!"

제대로 얼굴을 부딪쳤다.

문을 나선 곳에 멈춰 서 있는 가우리의 등에.

브레스트 플레이트(가슴 갑주)의 등에… 얼굴을 부딪쳤더니 무지하게 아프다….

—아니. 그건 둘째치고.

"잠깐, 가우리! 어째서…?!"

말하려다 말고.

나는 말문이 막혔다.

역시 내 예상대로.

가게 안의 소동을 눈치챘는지 가게 주위에는 상당한 숫자의 구경꾼들이 모여 있었다.

그들이 만든 인파의 중심에 서 있는 게 즉 나와 가우리 두 사람.

구경꾼들의 호기심 어린 시선은 우리에게 쏠아졌다.

가게 안에서 대체 무슨 일이 있었는지. 그것을 알고 싶어하는 시선.

—즉.

보지 못한 것이다. 그들은.

이 가게에서 뛰쳐나간 마족의 모습을.

만약 그것을 보았다면 혼란을 일으켰을 것이다.

—냉정하게 생각해보면….

마족이 가게 안에 들어왔을 때에도 밖에선 소란스러운 기미가 느껴지지 않았다.

그런 존재가 백주대낮에 큰길을 활보하고 있었다면 당연히 주위는 혼란에 빠질 텐데 말이다.

그렇다면.

방금 그 고목 마족은 가게 문에서 나타나서 가게 문으로 사라진

셈이 된다.

　뭐, 실제론 그 위치에서 공간을 이동해서 어딘가로 사라진 거겠지만.

　"아… 저기…."

　그런 걸 이해하지 못하는 가우리는 왠지 어색한 목소리로 물었다.

　"저기… 방금… 이곳에서 고목처럼 생긴 녀석 안 나왔어?"

　조용….

　잠깐, 가우리. 그런 식으로 말하면 마족에 대해 모르는 사람들의 눈에는 머리가 위기에 빠진 사람처럼 보인다고.

　"저기, 지금 우리보다 먼저 가게를 나온 수상한 녀석 없었나요?"

　소용없다는 걸 알면서도… 가우리가 한 말을 얼버무리기 위해 나는 일동에게 물었다.

　"수상하다고 하면 이 형씨가 제일 수상한데."

　누군가 한마디 던진 걸 계기로 구경꾼들은 제각각 멋대로 엉뚱한 소리를 지껄이기 시작했다.

　"대관절 어째서 검을 들고 있는 거지?"

　"안에서 무슨 일이 있었던 거야? 싸움? 도난?"

　"너희들이 소란의 장본인은 아니겠지?"

　"소란은 이미 진정되었어요!"

　구경꾼들의 말을 억누르듯 나는 소리를 질렀다.

다들 한순간 조용해진 그 틈을 놓치지 않고 일동을 돌아보면서 뒷말을 잇는다.

"뭐… 검을 들고 있는 우리가 무슨 말을 해도 수상한 것에는 변함이 없을 테니까… 자세한 건 나중에 가게 사람들에게 물어보시길."

내 말에 납득했는지, 아니면 흥미를 잃었을 뿐인지 구경꾼들은 제각각 발길을 돌렸고….

"응?!"

흩어져가는 구경꾼들의 고리 바깥쪽에서.

밤색 머리카락이 흔들렸다.

일단 그 움직임이 멈추더니….

숄더 가드 너머로 내 쪽을 돌아본다.

보이는 건 그 옆얼굴뿐.

허나….

그것은 아주 한순간의 일.

다시 긴 머리카락이 흔들리며 그것은 인파 속으로 사라진다.

—무의식중에….

나는 주문을 외우고 있었다.

"레이 윙!"

증폭한 고속 비행의 술법으로 구경꾼들의 머리 위를 단숨에 뛰어넘는다.

황급히 주위를 돌아보니… 꽤 떨어진 곳에 그 모습.

인파 사이를 헤치고 달려가자 그 모습은 모서리를 돌아 골목 안으로 사라진다.

한 발짝 늦게 그곳에 도착해서 그 골목 안쪽을 들여다보니….

사람의 왕래는 있지만 내가 찾는 모습은 없다.

"이봐, 리나."

말하면서 내 어깨에 손을 얹은 사람은 뒤를 쫓아온 가우리였다.

"왜 그래? 갑자기."

"봤어. 아는 얼굴을."

"흐음…. 그러고 보니 얼마 전에도 이런 이야기를 한 것 같은데…."

"했어."

나는 솔직하게 중얼거렸다.

"그럼 실제로 가까운 곳에 있는 거 아닐까?

그럼 함께 찾아보자. 어떤 녀석이야?"

"나이는 대략 열일고여덟쯤 되어 보이는 미소녀로 조금 작은 체구에 밤색 머리카락. 검은색 머리띠에 숄더 가드.

마법사풍의 망토를 걸치고 있어."

"그렇다면 너하고 비슷하게 생겼다는 말인가? '미소녀'라든지 '조금 작은 체구'는 접어두고."

"그게 아냐."

나는 말했다. 딱 부러지게.

물론 가우리를 걷어차면서.

"나하고 비슷하게 생긴 게 아니라
나하고 완전히 똑같은 모습이었어."

2. 가는 여행길에서 만나는 얼굴과 얼굴

"도플갱어(다중 존재)인가?"

내 이야기를 듣고,

미르가지아 씨는 여전히 무표정한 얼굴로 중얼거렸다.

─도플갱어.

자신과 완전히 같은 존재가 힐끔힐끔 나타났다가 모습을 감추는 현상, 혹은 그 상대를 말한다.

물론 알고 보니 생이별한 쌍둥이라는 훈훈한 경우는 제외하고.

이것을 본 자는 머지않아 죽는다느니, '도플갱어'라는 괴물이 변한 것이라느니, 혹은 단순한 착각이라느니 하는 여러 가지 설이 있긴 하지만 그 정체는 밝혀지지 않았다.

─그런 여러 가지 이야기를 하면서 지금 우리 일행 네 사람은 가게를 나와 큰길을 어슬렁거리고 있었다.

그 후 당연히 가게에 경비병들이 달려왔지만 사건은 매우 단순 명쾌. 마을을 습격한 마족을 가우리가 격퇴한 것으로 가볍게 결론이 났다.

물론 관리들은 사건과 우리를 관련지어 생각하려고 하지는 않았다.

다행히 사망자는 없었지만… 당연히 가게 안은 엉망진창이다.

계속 식사를 하는 건 물론이고 차분히 이야기를 나눌 수 있는 상황도 아니어서 우리는 그 가게를 나왔다.

"그러고 보니 용과 엘프 사이에선 도플갱어를 어떻게 이야기하고 있나요?"

"잘못된 정보 혹은 착각이지."

딱 잘라 말하는 미르가지아 씨.

"우리들 용과 엘프 사이에선 '도플갱어'라는 현상이 관측된 사례가 없다.

허나 인간 사회에서 그런 소문이 존재한다는 건 알고 있지.

따라서 문화 토양이 다른 까닭에 생겨난 단순한 소문, 즉 잘못된 정보,

혹은 단순히 닮은 사람을 본 것에 의한 착각."

"다시 말해… 실재하지 않는다는 말이군요."

"잘못 본 거 아닌가요? 당신도.

쏙 빼닮은 다른 사람이라든지."

"그건 아냐."

메피의 말에 나는 고개를 가로저었다.

"분명 인간은 숫자가 많으니까 세상에는 나와 똑같이 생긴 사람이 한두 사람은 있다고 해도 이상하지 않아.

하지만 머리띠와 숄더 가드까지 완전히 같을 수는 없잖아?"

"그럼…."

메피는 가우리에게 시선을 돌리고,

"당신도 봤나요? 그녀와 똑같이 생긴 사람을."

"아니…. 난 못 봤는데?"

"봐요."

의기양양하게 메피는 크게 가슴을 펴고 내 쪽으로 시선을 돌린다.

"역시 당신의 착각이 맞잖아요."

우아, 열받게 하네. 그런 식으로 말하니.

"아니, 그렇다고 단정할 수도 없다."

구원의 손길은 뜻밖의 곳에서 왔다.

"무슨 말이죠? 미르가지아 아저씨."

"기억하고 있지? 딜스 사건을.

그때 다이나스트(패왕)는 국왕과 똑같은 모습으로 변해 있었다.

가까운 곳에서 모시는 자들조차 눈치채지 못할 정도로."

"그럼 내가 본 그 녀석도…."

"그럴지도 모른다는 이야기이다.

메피가 말한 것처럼 무언가를 잘못 본 것일 수도 있겠지.

그리고 마족이 모습을 바꾸었다고 해도 목적을 알 수는 없어."

"그건 그렇지만…."

"저기, 아무래도 좋지만 어디 가게에라도 들어가자고.

이렇게 걷고 있어봤자 별수 없잖아."

"뭐… 그건 그래."

가우리의 말에 나는 고개를 끄덕였다.

생각해보면 마족 때문에 점심도 먹다 말았고.

나는 주위를 둘러보고 가까운 가게를 찾았다.

"그럼 일단 함께 저 가게에라도."

"아저씨와 저는 별 상관없는데…."

"자, 자, 그러지 말고.

함께 가는 게 예의야.

그리고 서서 이야기하는 것도 그렇잖아?"

메피의 말을 적당히 받아넘기고 나는 가게 안으로 들어가서 적당한 테이블에 앉았다.

"그나저나 서서 이야기한다고 해도…

더 이상 이 사건에 대해 이야기를 나눈다고 해서 무언가 명확한 결론이 나올 거라는 생각은 안 드는데?"

"우…!"

미르가지아 씨의 말에 한순간 뜨끔한 나.

"맞아요.

그저 밥이 먹고 싶어서 이러는 걸로밖에는 안 보여요.

이래서 인간은…."

"시… 시끄럿!

어쩔 수 없잖아! 배가 고플 때에는 고프니까!"

그렇게 말하고 있을 때 웨이트리스 아가씨 한 사람이 이쪽으로 오더니,

"어? 손님. 아직도 안 떠나셨나요?"

…….

"손님?"

"으잉…?"

나는 무심코 얼빠진 소리를 냈다.

웨이트리스 아가씨는 다름 아닌 나를 보고 이야기하고 있는 것 같은데….

내가 이 가게에 들어온 건 이번이 처음이다.

"나…?"

자신을 가리키며 그렇게 묻자 그녀는 고개를 끄덕였다.

"그래요.

아. 알았다.

혹시 벌써 가는 길을 잊어버리셨나요?

그럼 중간의 마을 이름 등은 생략하고 설명할게요.

잘 들으세요.

마을 북쪽으로 나가서 길가를 따라 조금 가면 다른 큰길과 합류해요.

그 길에서 그대로 서쪽… 왼쪽으로 가면 아트라스라는 마을이 나오는데,

그곳에서 북서쪽…."

"자… 자, 잠깐!"

별안간 무언가 열심히 설명하는 걸 나는 황급히 제지하고 나섰

다.

그 말을 대체 어떻게 해석했는지,

"아, 그렇구나.

그렇겠죠.

한꺼번에 말하면 또 헷갈리시겠죠.

그럼 이것만 기억하세요.

마을 북쪽으로 나간다.

다른 큰길과 합류하면 왼쪽으로.

그대로 쭉 가면 바로 아트라스 시티가 나와요.

그 뒤는 그곳에서 다른 사람에게 물으면…."

"그러니까, 잠깐 멈추라고 했잖아!

대체 무슨 이야기를 하는 거야?! 무슨?!"

"무슨… 이라뇨…?

그러니까, 사일라그 시티로 가는 길이잖아요.

손님, 아까 왔을 때 물어보지 않으셨어요?"

"으잉?"

다시.

나는 얼빠진 소리를 냈다.

아까 왔다고?

사일라그로 가는 길?

길이라면 웨이트리스 아가씨에게 묻지 않아도 알고 있고, 아까도 말했지만 이 가게에 온 것은….

―설마?!

"들어봐!"

나는 벌떡! 자리에서 일어나 웨이트리스 아가씨의 손을 잡았다.

"그 사람은 아마 나와 이별한 쌍둥이 여동생일 거야!"

"뭐어어어어어?!"

내 말에 웨이트리스 아가씨뿐만 아니라 가우리와 메피까지 놀라 소리쳤다.

"그 애를 얼마나 찾았는데!

설마 이런 곳에서 만날 줄이야!

그 애는 나하고 똑같이 생겼지?"

"예… 예….

정말 다른 분… 인가요…?

옷까지 똑같았는데."

"얼마 전쯤의 일이야?

분위기는 어땠어?!

사일라그로 가는 길을 물었다고 했지?"

"그분이 나가신 후 곧바로 손님이 들어오신 건 아니지만… 그렇게 시간은 지나지 않았어요.

딱 점심 무렵이었으니까.

분위기는… 차분한 분위기로… 가볍게 식사를 하시고 나서 '사일라그로 가려면 어떻게 해야 하지?'라고 물으시던데요.

왠지 지금 당장이라도 출발할 것 같은 말투였어요."

"그렇구나…."

나는 작게 한숨을 쉬고 다시 자리에 앉았다.

"그럼 그건 됐고,

일단 음식부터 주문할게."

"예?! 여동생을 쫓아가지 않으실 건가요?!

지금이라면 아직 마을 안에 있을지도 모른다고요!"

"됐어, 그딴 건.

아, 그게 아니라 행선지를 알았으니까 서두를 필요는 없다는 거야.

서두르다가 오히려 상대를 앞질러버리면 안 되고.

어쨌거나 주문할게."

"예… 네…."

웨이트리스 아가씨는 조금 납득이 안 되는 표정을 지으면서도 우리의 주문을 듣고 안으로 들어갔다.

그것을 기다렸다가….

"리… 리나, 너 헤어진 동생이 있었던 거야?!"

"그런 말을 믿으면 어떡해, 가우리."

"그럼 거짓말이었나?!"

당신도 믿은 거야? 미르가지아 씨.

표정이 변하지 않았기에 내 의도를 알고 있는 줄 알았더니….

"그런 식으로 말하지 않으면 이야기가 진척되지 않잖아.

어쨌거나 이제 확실해졌지?

역시 나와 똑같이 생긴 녀석이 있었다고."

"설마… 우리를 속이려고 복잡한 연기를 하는 건 아니겠죠…?

생각해보면 이 가게를 고른 것도 당신이었고…."

여전히 끈질기게 의심하는 메피에게 내가 아니라 가우리가 말했다.

"그럴 리 없잖아.

방금 그 아가씨는 '차분한 분위기로 가볍게 식사를 하고' 갔다고 했어.

어느 쪽도 리나하고는 어울리지 않잖아?"

"그러고 보니 확실히…."

"동감이군."

"잠깐. 너희들.

그게 무슨 의미… 냐고 물으면 분명 '말 그대로'라고 대답할 것 같아서 굳이 묻지 않겠지만…

어쨌거나!

나하고 똑같이 생긴 사람이 있다는 것만큼은 이제 믿겠지?"

"하지만…

그런 것치곤 하필 이 가게에서 그런 우연이…."

"우연이 아닐 거야, 아마.

나중에 확인해볼 생각이지만… 내 가짜는 분명 이 근처 가게를 모조리 돌면서 사일라그로 가는 길을 묻고 다녔을 거야.

그렇게 하면 내 귀에 들어갈 확률이 높아질 테니 말이야.

어쩌면 미르가지아 씨 일행 두 사람을 만난 그 마을에서도 비슷한 수작을 부렸을지 모르지만…

그때에는 누구라곤 말 안 하겠지만 분별없는 파괴마 엘프 메피 때문에 곧장 마을을 떠날 수밖에 없었으니까….”

“잠깐! 그런 식으로 말할 건 없잖아요!”

“그렇다면 문제는 누가 무엇을 위해 그런 일을 했느냐 하는 건데.”

“무시하는 건가요? 내 말을!”

“대답은 간단해.

유인하고 있는 거야.

마족이.

우리를. 사일라그 시티까지.”

이번엔….

메피도 끼어들지 않았다.

“확실히…

그렇게 생각하는 게 가장 타당하긴 하군….”

샐러드를 가져온 웨이트리스 아가씨가 테이블에서 멀어지기를 기다렸다가 중얼거리고 고개를 끄덕이는 미르가지아 씨.

“허나 사일라그에 대체 뭐가 있는 거지?”

사일라그 시티.

아마….

전국 불행한 도시 경연 대회가 열린다면 가이리아 시티와 나란히 패권을 다툴 것이 틀림없다!

단적으로 말하면 그런 마을이다.

대략 백 년 전 마수 자나파… 인간이 만들어낸 불완전한 생체 갑주의 폭주에 의해 궤멸된 후 간신히 재건했지만 2년 전쯤에 미친 현자 때문에 다시 궤멸. 그리고 그 후에도 헬마스터(명왕)이 둥지를 틀지 않나, 로드 오브 나이트메어가 얼굴을 내밀지 않나….

아, 정정하겠다.

가이리아 시티를 압도하는 세계 제일의 불행한 도시다.

생각해보면 왕궁 내에서의 소란을 제외하면, 가이리아 시티의 시가지가 불바다가 된 건 한 번뿐이었으니,

그 정도의 불행으로 사일라그와 불행을 비견하는 게 가소롭다!

뭐… 더 불행하다고 주장하고 싶어하는 사람은 없을지 모르겠지만….

그리고 이번에도 다시 사일라그에서 마족이 무언가 꾸미고 있는 모양.

이쯤 되면 불행의 박람회라고 해도 과언은 아니다.

때려치워. 때려치워. 살지 마. 그딴 마을.

뭐, 사일라그의 불행은 둘째치고.

"여러 가지 일이 있었던 마을이니까…

당연히 불안이 가득할 테고 그래서 마족이 이용하기 쉬운 게 아닐까요?"

채소에 손을 가져가며 나는 말했다.

"그럴지도 모르겠군."

내 말에 미르가지아 씨는 무겁게 고개를 끄덕였다.

"최근 몇 년 동안 그 마을에서 큰 사건이 잇달아 일어난 건 우리도 파악하고 있다.

하지만 그 마을에 그렇게까지 불행이 계속된 원인은 대체…?"

움찔.

백 년 전을 제외하면 그 사건 전부에 나와 가우리가 깊이 관여되어 있다는 게 좀 그렇긴 하지만….

어쨌거나 원인은 어디까지나 가짜 현자와 성질 더러운 마족이지, 나와 가우리는 피해자다!

"그… 그건 둘째치고 문제는 마족이 무엇을 노리고 있을까 하는 거예요."

우적우적 양배추를 씹어 넘기고 황급히 화제를 바꾸는 나에게 미르가지아 씨는 표정 하나 바꾸지 않고 말한다.

"가보면 알겠지."

"아니, 뭐, 그건 그렇지만…

아, 잠깐만요!

그 말은 그곳으로 가는 게 확정된 것처럼 들리는데!"

"뭐라고?!"

미르가지아 씨는 한쪽 눈썹을 꿈틀! 치떴다.

"설마 안 갈 생각이었나? 인간 소녀여!"

"당연하죠!

아무리 생각해도 이건 함정이라고요, 함정!

가야 할 이유가 딱히 있는 것도 아니고!

그런데 고분고분 가서 어쩌려고요?!"

나이프를 휙휙 휘두르며 말하는 나에게 미르가지아 씨는 표정 하나 바꾸지 않고 말했다.

"그렇긴 하지만…

방금 전 가게에서 일어난 사건이 이 사건과 관계없다고 생각하나?"

"예…?"

"고목 같은 마족의 습격….

그건 어쩌면 우연히 그 가게를 표적으로 삼은 것일지도 모른다.

그러나 나중에 나타난 또 한 마리.

그의 움직임은 수상했어.

확실히 고목 같은 마족을 방해했어.

같은 편이 아니었어.

무언가의 이유로 서로 적대하고 있다면 방해가 아니라 고목 같은 마족을 공격했겠지.

허나 그 움직임은 주위의 인간들을…

아니, 그를…."

힐끔 가우리 쪽으로 시선을 돌리고,

"그를 지킬 생각으로밖에는 보이지 않았다."

"그러고 보니…

살기가 전혀 없었군, 그 녀석."

피망을 한쪽으로 골라내고 양배추로 소시지를 싸며 남 일처럼 말하는 가우리.

"습격한 마족. 방어한 마족.

만약 너를 사일라그로 초대하려고 하는 자도 마족이라면…

그것들이 관계없다고 생각하나?"

"뭐… 뭐…

그런 식으로 말씀하시니… 확실히… 뭐랄까…."

"그 두 개가 관련되어 있을 경우,

너희들이 사일라그로 가지 않는다면 마족들은 수단 방법을 가리지 않고 '초대'를 할 거다.

하지만 어쨌거나…

마족이 그곳에서 무언가를 꾸미고 있다는 걸 안 이상 나와 메피는 사일라그로 갈 생각이다.

어쩌면 이 사건은 최근 다시 발생하고 있는 마족의 대량 발생과 상관이 있는 것일지도 모르고.

실마리를 찾을 수 있을 거라 단정할 순 없지만 다른 실마리가 없다는 건 사실이기도 하니

지금은 함정을 각오하고 우리와 함께 가든지,

아니면 우리와 이곳에서 헤어져서 둘이서만 다른 길을 가든지 선택해라.

그러나 후자를 선택할 경우 아마 마족의 '반강제적인 초대'가

기다릴 거다.

갈 이유가 없다고 했지만 그렇다면 녀석들은 억지로라도 그 이유를 만들겠지.

가장 쉬운 방법으론 인질을 잡는 정도일까?

그렇다면 상황은 더 불리해질 뿐, 호전될 전망은 없는 거나 마찬가지다.

그렇다면 전자를 선택할지, 후자를 선택할지

대답은 하나뿐이라 생각하는데."

"음… ㅇㅇㅇㅇㅇ음…."

그 말에 나는 말문이 막혀서 얼버무릴 목적으로 샐러드를 한입.

확실히… 과거에 헬마스터가 나를 이용하려고 했을 때에도

결국은 가우리가 인질로 잡혀서 함정이 기다리는 곳으로 가게 되었다.

만약 내가 고집을 부려서 안 가기로 했을 경우, 조바심이 난 마족이 비슷한 수단을 취할 가능성은 크다.

더 이상… 그런 일은 사양이다.

그리고.

지금 사일라그로 간다면 유리할지도 모르는 점이 한 가지 있었다.

즉. 미르가지아 씨와 메피의 존재이다.

맨 처음 내가 '또 하나의 나'를 본 건 미르가지아 씨 일행을 만나기 전.

그리고 오늘 가게에 온 마족은 인간의 모습을 하지 않은… 즉 순마족 중에선 그리 힘이 강하지 않은 녀석.

즉 적어도 현시점에서 마족들은 미르가지아 씨와 메피를 전력으로 계산하지 않았다는 말이 된다.

만약 계산했다고 하면 좀 더 힘이 센 녀석을 보냈을 것이다.

물론 머지않아 적도 나름대로 대응을 하겠지만 두 사람의 존재가 유리하게 작용할 가능성은 크다.

그럼 역시… 미르가지아 씨의 말대로 대답은 정해져 있다.

후우…. 나는 한숨을 쉬었다.

"알았어요….

가면 되잖아요, 가면."

될 대로 되라는 식으로 말하며 나이프로 소시지를 푹! 찔렀다.

기상 이변은 조금씩 진정되고 있는 듯했다.

허나. 데몬들의 활동은 진정되기는커녕 나날이 격해지고 있는 모양이다. 이렇게 말하는 우리도 도중에 여러 번 데몬들과 마주친 적이 있다.

도중에 들른 마을에서 들은 소문에 따르면 각국에서 이 사태에 대응하기 위해 드디어 본격적으로 움직이기 시작했다고 한다.

에르메키아 제국에선 최정예 궁그닐 나이츠(성창 기사단)가 데몬 정벌을 개시했고, 세이룬에선 왕족 소녀의 진두지휘 아래 토벌대가 편성되었으며, 제피리아에선 이터널 퀸(영원한 여왕)이 거

느리는 극비 부대와 쉬피드 나이트(적룡신의 기사)까지 움직이기 시작했다던가.

아니. 어디까지나 소문이지만.

뭐… 만약 진짜로 쉬피드 나이트 같은 게 움직이기 시작했다면 내버려두어도 언젠가 사건이 해결될 것 같다는 생각이 든다.

어디까지가 사실이고 어디까지가 거짓인지.

어쨌거나 소문은 소문, 여하튼 우리는 일단 아트라스 시티에 도착했다.

"왠지… 전에 왔을 때보다 사람이 줄어든 것 같지 않아?"

"줄었어."

이곳저곳 두리번두리번 돌아보며 말하는 가우리에게 나는 순순히 그렇게 대답했다.

무리도 아니다. 이 근방에서도 역시 데몬의 발생과 습격 사건은 일어나고 있는 것이다.

"이 마을도…

들어올 때 봤지?

벽 일부가 부서진 거.

오늘 아침 출발한 마을에서 들었잖아.

얼마 전에 아트라스 시티에서 데몬들의 습격이 있었다고."

그 말에 가우리는 잠시 생각했다.

"오오! 그러고 보니 그런 이야기를 했던 것 같아!"

"웬일로 기억하고 있네."

"피망 조각을 실수로 입에 넣었을 때 한 이야기라서."

그런 식으로 기억하는 거냐?

다행히 습격한 쪽의 규모가 작아 피해도 작았던 모양이지만 마을에 사는 사람들의 불안을 자아내기엔 충분하다.

그것은 마을의 분위기에서 충분히 짐작할 수 있었다.

나와 가우리는 전에도 이 마을에 온 적이 있는데 그때 길에는 포장마차와 노점이 자리가 좁을 만큼 늘어서 있었다.

그것이 지금은 이상하리만큼 줄었다.

노점과 포장마차 대부분은 근처 마을 사람들이 물건을 팔기 위해 오는 경우가 많은데… 데몬이 이곳저곳을 어슬렁거리는 요즘, 멀리까지 물건을 팔러 올 근성이 있는 사람은 적을 것이다.

당연히 물건은 줄어들고 그에 따라 손님 숫자도 줄어서 마을의 활기는 시들어간다.

나는 활기가 없는 길을 둘러보다가.

한곳에 시선을 멈추었다.

길 건너편에 있던 낯익은 얼굴을 발견하고.

아무래도 그쪽도 이쪽을 눈치챘는지 발을 멈추고….

이쪽을 향해 걸어왔다.

"리나 씨, 가우리 씨."

석양빛을 한 머리카락이 작게 흔들린다.

여전히 선은 가늘지만 과거에 그 눈동자 속에 있던 슬픔의 색은 지금은 없다.

나는 다소 곤혹스러워하면서도 미소 지으며 말했다.

"오랜만이야.

잘 지내? 루비아."

그녀의 집은 중심부에서 떨어진 마을 한구석.

공터가 눈에 띄는 조금 쓸쓸한 곳에 있었다.

집… 아니, 가게라고 해도 좋을지 모른다.

그녀는 이곳에서 작은 꽃집을 하고 있었다.

이곳은 과거에 그녀가 모시던 마법사가 그녀에게 남겨준 것이라고 한다.

여기까지 오는 길에 서로 자기소개가 끝나자 그녀는 우리에게 그렇게 설명했다.

우리와 루비아는… 만난 경위가 경위인 만큼 솔직히 어떻게 대해야 좋을지 곤혹스러운 부분이 있지만… 아무래도 그녀 쪽엔 그런 의식이 별로 없는 듯, 단순히 아는 사람으로 우리를 자신의 집으로 초대해준 것이다.

"들어오세요."

초목과 여러 가지 색깔의 꽃으로 둘러싸인 가게 안.

루비아가 내온 향긋한 홍차 향기.

"그럼 잘 먹겠습니다."

말하고 나서 한입 머금자.

입속에 퍼지는 독특한 풍미.

홍차 중에서도 비교적 향기가 강한 타입의 녀석이다.

원래 나는 강한 향의 홍차는 왠지 약같이 느껴져서 스트레이트로 마시는 건 별로 좋아하지 않는데….

"아, 맛있어."

무심결에 나는 그렇게 중얼거렸다.

우유와 설탕이 듬뿍 들어 있어서 향과 부드러움과 단맛이 멋진 균형을 이루고 있다.

이런 식으로 마시면 꽤 괜찮을지도.

"확실히 나쁘지 않네요."

홍차인지, 꽃에 둘러싸인 환경인지, 아니면 그 둘 다인지. 아무래도 마음에 든 듯 메피가 드물게도 칭찬을 입에 담았다.

"맘에 드셨다니 다행이네요."

말하고 나서 생긋 미소 짓는 그녀.

"꽃의 종류도 풍부하고 손질도 잘되어 있네요. 게다가 모두 화분에 심어놓았고.

인간치곤 꽤 섬세한 배려가 되어 있군요."

이런 부분은 역시 엘프라고 해야 할까. 한눈에 가게 안의 꽃 상태를 간파하고 평가를 내린다.

으음…. 나로선 메피 자신도 좀 더 여러 가지 부분에 섬세한 배려를 해주면 좋겠는데….

"고마워요.

이 꽃은 모두 우리 집에서 키운 거예요."

"너 혼자서?"

"예."

무심코 묻는 나에게 대수롭지 않다는 듯 대답하는 루비아.

"하지만… 이것을 혼자서 키우려면

엄청 힘들 텐데."

"익숙하니까요.

전에는 여러 가지 약초의 재배를 도맡아 했으니."

그녀는 말했다.

—아, 그렇구나.

세간에서 마법사라고 하면 그저 주문이나 날려서 악당이나 몬스터를 해치우는 사람이라고 인식하는 사람이 많다.

그러나 그것은 근거 없는 오해다.

…….

맞다니깐.

아무리 내가 말하면 설득력이 없다고 해도 분명 오해다.

마(魔)란 본래 이 세계에는 없는 힘.

마도(魔道)란 그 힘을 무언가의 방법에 의해 이 세계에 이끌어 내어 쓸모 있게 만들기 위한 연구.

마법사란 그러한 연구에 정통한 사람을 말한다.

가령 라이팅 같은 간단한 술법은 주문을 통째로 암기하면 누구든 쓸 수 있다.

그렇다고 그것을 마법사라고 부르지는 않는다.

여러 가지 지식에 능통하고 언뜻 상관이 없어 보이는 여러 가지 사상을 관련지어 생각하는 재능, 즉 지혜 역시 필요하다.

그리고 마법이라는 분야에선 약초 종류도 큰 위치를 차지한다.

여러 가지 의식과 연구, 여러 가지 분야에서 약초는 필요하다.

다만….

필요할 때마다 어디에 있는지도 알 수 없는 약초를 찾아 야산을 헤맨다는 건 불편하기 짝이 없는 일.

그래서 재배할 수 있는 약초는 집에서 재배한다.

그렇게 하는 마법사는 사실 꽤 많다.

수확해서 남은 것 중 보존이 가능한 건 마법 도구점에 팔면 부수입이 되기도 한다. 그야말로 일석이조.

마법사의 조수로 있던 루비아가 재배를 도맡았다고 해도 이상한 일은 아니다.

"그래도 역시…

혼자서 키우는 건 대단해."

역시 감탄하는 나에게 그녀는 조금 쑥스러운 듯 말했다.

"뭐, 민감한 만드라고라 등의 재배에 비하면 별로 손은 안 가니까요."

만드라고라[屍鳴人蔘]… 라고…?

별로 로맨틱하지 않은 재능이네….

"하지만…."

메피는 주위를 둘러보더니 약간 눈살을 찌푸렸다.

"계절이 살짝 다른 꽃이 피어 있는 이유는…?"

"아아… 그거라면…

우리 집엔 온실이 있거든요."

"오… 온실?!"

별것 아니라는 듯 말한 루비아의 목소리에 나는 무심코 소리를 질렀다.

"뭐야? 그게."

가우리가 옆에서 물어왔다.

물론…

이것에 대해 가우리가 모르는 것도 무리는 아니다. 나도 책에서 보거나 이야기로 들은 적이 있는 정도일 뿐이니까.

"쉽게 말해…

투명한 유리판으로 집을 짓고 그 안에서 풀이나 꽃을 키우는 거예요.

안의 온도를 조절하면 계절이 다른 꽃도 키울 수 있지요."

"유…

유리판으로 집을?!"

경악한 목소리로 외치는 가우리.

무리도 아니다.

우리가 평소에 보는 유리라고 하면 교회 등의 스테인드글라스 정도이다.

평평하고 크고 투명도가 높은 유리를 만들려면 나름대로 실력이 있는 장인과 설비가 필요하고 당연히 가격도 비싸진다.

덧붙여 말하자면.

이 유리판이라는 건 약간의 충격에도 깨진다.

그런 걸 집처럼 조립해서 그 안에서 식물을 재배하다니….

분명히 말해 그런 짓을 실제로 하는 사람은 없다.

가령 이웃에 사는 개구쟁이들이 장난 삼아 돌을 던지기만 해도 상당한 피해가 생겨난다.

그리고 내부의 온도를 일정하게 유지하는 것도 어렵다.

부서지기 쉽고 손도 많이 간다.

그런 걸 만들어서 안에서 식물을 키우는 건 보통 사람은 물론이고, 마법사라 해도 별로 하지 않는다.

물론… 루비아가 모시던 마법사라면 이웃집 개구쟁이들이 돌을 던질 수 없는 장소와 대신 관리해줄 조수 모두를 확보할 수 있었겠지만….

"정말이야…?! 루비아…!"

"그렇게 놀라실 것까지는….

거짓말을 해서 저에게 무슨 이익이 있다고요."

"아니, 가령 '당신도 온실의 주인이 될 수 있습니다'든지 하는 달콤한 말로 현혹시켜서 있지도 않은 온실에 돈을 투자하게 한다든지…."

"안 해요, 그런 바보 같은 짓은.

뭐하다면 직접 보실래요?"

"오오! 꼭 한번 보고 싶어!"

"나도!"

"따라갈까요…? 미르가지아 아저씨…."

"난 잘 모르겠군."

흥분하는 나와 가우리 옆에서 미르가지아 씨와 메피 두 사람은 홍차 잔을 기울이며 한숨을 내쉬었다.

"이…

이것이 그…!"

아트라스 시티의 내리쬐는 햇볕 아래….

루비아 집의 뒤뜰에.

그것은 엄연히 존재하고 있었다.

"전설의… 온실!"

"전설… 이라뇨…."

뒤뜰… 이라고 해도 상당히 넓다.

뜰 주위는 나무로 둘러싸여 있고 주변은 밭. 그곳에는 여러 가지 꽃과 풀이 심어져 있다.

어쩌면 주위 나무들도 무언가 약이 되는 열매를 맺을지도 모른다.

그리고 그 뜰 한복판에 있는 것은….

크기는 작은 오두막 정도! 가로와 세로로 배치된 금속 기둥! 그곳에 끼워진 투명 판유리! 그 안에 초목의 녹음을 부드럽게 감싼,

말 그대로 크리스털의 성(조금 과장해서)!

이것이…! 온실!

"저기! 가까이 가서 봐도 돼?! 가까이 가서 봐도 돼?!"

"가까이 갔을 때 숨을 참지 않아도 되나?"

"예…. 상관없는데요….'"

나와 가우리가 번갈아 묻자 쓴웃음을 띠고 말하는 루비아.

두 사람은 신중하게 그쪽으로 다가갔다.

"저… 저기…!

만져봐도 될까?"

"흥! 나는 허락 없이 만질 거야!

에잇!"

툭.

"아아!

그럼 나도!"

툭.

"크크크크….

만졌겠다, 가우리…."

"뭐야, 리나. 너도 방금 만졌잖아."

"생각이 짧구나!

난 장갑을 끼고 있었다고!"

"나도…

아앗?!

내 장갑은 손끝이 노출되어 있어!

헉…! 이건 혹시 함정?!"

"크하하하하하하!

걸렸구나. 가우리!

원망하려면 자신의 어리석음을 원망해!

허가도 받지 않고 직접 온실을 만지다니! 그 대가가 어떤 건지
그 몸으로 깨닫도록 해!"

"저기… 두 분…?"

흥분한 나와 가우리 뒤에서 루비아가 곤혹스러운 듯한 소리를
냈다.

"이게 무슨 저주의 집도 아닌데….

가우리 씨도 그렇게 겁내지 마세요.

그렇게까지 흥분하시니… 기뻐해야 할지 어떨지….

뭐하다면 안쪽도 보실래요?"

루비아의 말에 나, 그리고 옆에서 부들부들 떨고 있던 가우리는
눈을 빛내며 몸을 내밀었다.

"그래도 돼?!

나중에 입장료 청구 안 할 거지?"

"안 해요. 안 해."

"들어가도 벌받는 거 아니지?"

"안 받아요. 안 받아요."

""우오오오오오오오오!""

고함을 지르는 나와 가우리.

"어머… 왠지 즐거워 보이네요…. 미르가지아 아저씨…."

"인간은 이해를 못 하겠어."

왠지 냉정한 두 사람을 내버려두고 나와 가우리는 루비아의 안내를 받아 온실 안으로.

"우오오오오!

풀이 자라고 있어! 풀이!"

"뭐… 온실이니까요…."

"우오오오오오!

한복판에 돌기둥이 세워져 있어, 돌기둥이!"

"예.

추울 때에는 저 돌을 데워서 온실 안을 장시간 따뜻하게 유지하도록 되어 있어요."

"크으! 왠지 이 안에 있는 것만으로도 풀과 꽃이 특별하다고나 할까, 고귀한 느낌이 들어!

이걸 좀 봐!

잎의 곡선이 정말 예술이잖아!"

"리나 씨, 그건 잡초예요."

"굉장해! 나무까지 있어! 시들었지만!"

"나무…?"

가우리의 말에 루비아가 미간을 좁혔다.

"나무 같은 것은…."

고목이라는 것에 짚이는 게 없는 듯….

…….

고목?!

"루비아! 도망쳐!"

"예…?"

멍하니 루비아가 중얼거린 그 순간.

사태를 파악한 가우리가 옆으로 뛰어 루비아를 안고 온실 문 쪽으로 달렸다!

부웅!

콰직!

공기가 진동하는 소리. 그리고 단단한 게 부서지는 소리.

가우리와 루비아에 이어 뛰쳐나온 내 시야 한구석에서 온실 중앙에 서 있는 돌기둥이 깨지는 게 보였다.

그리고 그 뒤로 보인 것은….

"무슨 일이냐?!"

"왜 그래요?!"

"마족이야!"

달려온 미르가지아 씨와 메피에게 외치고 나는 온실 쪽으로 시선을 돌렸다.

"전에 습격했던 고목 같은 녀석! 조심해!"

열려져 있는 문. 깨진 돌기둥.

허나….

방금 전까지 그 뒤에 있던 고목 마족의 모습이 없다.

"어디에 있는 거예요? 그런 게."

"있었어. 방금!"

미간을 좁히고 묻는 메피에게 온실 안에서 시선을 떼지 않고 말하는 나.

"뭐…

뭔가요? 방금 그건….."

"마족이야!

루비아! 안전한 곳에 피해 있어!"

당황하는 루비아에게 말하는 나.

"안전한 곳이라면 어떤….."

"……."

다시 물어오자 나는 말문이 막혔다.

확실히… 마족을 상대로 안전한 곳 따윈 없다.

자칫 이 자리를 떠나면 그녀가 먼저 공격당할 우려도 있었다.

"어쨌거나 조심해!"

말이 떨어지자마자.

기척은 옆에서 생겨났다.

돌아본 그곳의 땅이 순간적으로 융기해서 고목 마족의 모습을 만든다.

그것이 출현함과 동시에.

좌악!

일절 다른 행동은 하지 않고.

단숨에 거리를 좁힌 가우리가 마족의 몸을 베어냈다!

허나 이걸로 방심할 순 없다!

아니나 다를까.

"뒤!"

메피의 목소리에 반응해서 내가 루비아와 함께 옆으로 도약한 그 뒤에 고목색 화살이 날아와서 땅에 박혔고 다시 고목 마족을 재생시킨다!

그리고 그 화살이 날아왔던 쪽에도….

완전히 같은 모습의 고목 마족이 또 한 마리.

"어떻게 된 거야?! 이건!"

"침착해, 가우리!"

당황하는 그에게 말하는 나.

"드래곤스 피크에서 본 붉은 구슬과 회색 구슬. 아마 그 마족과 비슷한 원리일 거야!

두 마리가 하나! 하지만 한쪽이 죽는다 해도 다른 한쪽이 재생시키지!"

"그렇다면,

두 마리를 동시에 공격하면 아무런 문제도 없겠군."

말하고 나서 성큼 앞으로 나선 사람은 다름 아닌 미르가지아 씨!

"그래요!

냉큼 해치워버리세요!"

"음!"

척! 좌우로 양손을 벌리고 두 마리 마족에게 각각 손바닥을 뻗은 후….

우오오오오오오오오!

대지를 뒤흔들며 미르가지아 씨가 외쳤다!

위험을 눈치챘는지 두 마리의 마족은 땅에 쑥 박혔고….

다시 쑥 떠올랐다.

"놓치지 않겠어요."

자신만만하게 말하는 메피의 뒤에서 날개를 본떠 펼쳐진 흰 갑옷이 진동음을 냈다.

땅… 아니, 아스트랄 사이드로 도망치려던 고목 마족을 제나파의 힘으로 현실 세계로 끌어낸 것이다.

그리고….

콰아!

미르가지아 씨의 손바닥에서 튀어나간 빛의 구슬이 고목 마족을 분쇄했다!

─그 한쪽만을.

""……?!""

작게 숨을 삼키는 우리들.

미르가지아 씨가 쏜 다른 한쪽은….

명중 직전에 방어했다.

고목 마족에 의해서가 아니다.

별안간 그곳에 출현한 한 청년의 손바닥에 의해.

겉보기 연령은 가우리와 비슷한 정도.

칙칙한 금발에 평범한 얼굴. 패기 없는 시선. 호리호리한 몸집에 키가 크고 빈말로라도 강해 보인다고는 할 수 없는 겉모습이다.

허나 겉모습과 같은 존재가 아니라는 건 말할 것도 없다.

조금 전까지만 해도 존재하지 않았던 것이다, 그는.

그런데 돌연 출현해서 순마족을 박살 내는 힘을 가진 미르가지아 씨의 일격을 손바닥으로 막아냈다.

"이곳은 꽃집인데

꽃집에서 나무를 괴롭히면 못써."

딴청 피우는 어조로 중얼거리고 미르가지아 씨와 메피에게 시선을 돌리더니 말한다.

"그나저나…

용과 엘프까지 있었나…? 그런 말은 못 들었는데….

하하… 그 못생긴 갑옷을 써서 기척을 숨긴 거군….

그래선 알 수 없는 게 당연하지."

"못생…?!"

사실을 정확히 지적당하자 무심코 소리를 지르는 메피.

허나 그래도 허점은 보이지 않는다.

그녀도 이미 눈치챈 것이다.

눈앞에 있는 청년의 모습을 하고 있는 게 나름대로 힘을 가진 마족이라는 것을.

순마족 중에서도 힘이 있는 자는 인간과 전혀 다름없는 겉모습을 취할 수 있다.

"풀과 꽃은 소중히 해야지.

우리 모두 녹색 자연을 늘리자고."

장난스러운 어조로 그렇게 말하고 뻗은 손안에서 하나의 호두… 아니, 호두와 비슷한 무언가가 출현했다.

"봐. 이런 식으로."

집어 던진 그것은 땅에 떨어지자 쩌억 하는 단단한 소리를 내며 두 개로 갈라져서 안에 있는 씨앗을 드러냈다.

그 순간.

쿠구구구궁….

삐져나온 그 싹이 부풀어 올라서 사람 머리 정도의 크기가 되더니 그곳에서 몇 개, 몇 십 개의 곤충 다리와 같은 게 튀어나온다!

그것은 순식간에 사람 키 정도의 크기로 변화했다.

머리 없는 거미… 라고 하면 거미에게 실례일까?

맥동하는 녹색 뇌에 뒤틀린 무수한 다리가 마구잡이로 자라나 있다.

그리고 알맹이가 빠져나간 껍질 쪽도,

순식간에 증식해서 조립되더니 인간형의 뼈 모습이 되었다.

인간형의 **뼈**··· 라고 해도 골격 같은 걸 연상해선 안 된다. 그런 귀여운 게 아니다.

인간의 **뼈**가 아니라 어디까지나 인간형의 **뼈**인 것이다.

무슨 **뼈**인지는 알 수 없지만 확실히 이 세상의 물건이 아닌 무언가 크고 작고 무수한, 찌그러진 **뼈**가 그저 엉망진창으로 뭉쳐서 인간 모양을 흉내 내는···.

말하자면 그런 것이었다.

덧붙여 말하면 **뼈** 사이의 이음새에선 무언가 녹색 점액이 스멀스멀 번져 나오고 있다.

물론 말할 것도 없이 이 녀석들 두 마리 또한 마족.

호두 같은 것 안에서 실제로 튀어나온 게 아니라 그것을 신호로 어딘가에서 호출된 것이리라.

"뭐··· 확실히 둘 다 녹색이긴 하지만···

늘리고 싶지도, 친하게 지내고 싶지도 않아···."

"자, 자, 그렇게 말하지 말고,

녹색의 귀여운 게 바이다아즈. 그리고 녹색의 멋진 게 구온.

어? 둘 다 녹색이네."

"이름 따윈 아무래도 좋아.

금방 퇴장할 2류 마족이라는 사실엔 변함이 없으니까."

"말이 좀 심하군···.

둘 다 나 브라두에게는 소중한 친구인데.

외형만으로 상대를 차별하는 건 좋지 않아. 좋지 않다고.

그런 좋지 않은 인간은… 죽어줘야겠어.

좋아. 결정.”

브라두인가 하는 녀석의 말이 끝남과 동시에.

부하 마족들이 움직였다!

슈우우!

어딘가에서 이상한 소리를 내더니 뇌벌레 마족이 다리를 움직여서 전진할 자세를 갖추었다.

참고로 물론 이런 것의 이름 따윌 기억할 생각은 전혀 없다!

나는 속으로 주문을 외웠고 가우리는 내 옆으로 달려와서 방어에 들어간다.

“어림없다.”

콰아!

미르가지아 씨가 그것을 향해 빛의 구슬을 쏘았다.

허나 그것이 뇌벌레에게 닿기도 전에.

“초목은 소중히 해야 한다고 했잖아?”

공간을 이동한 브라두가 손끝으로 무언가를 튕기듯 옆에서 에너지 덩어리를 쏘아 미르가지아 씨의 광탄을 허공에서 요격했다!

콰앙!

공간이 압축되어 터지는 소리와 섬광.

충격은 옆에 있던 온실의 유리를 깨뜨리며 한순간 우리의 발을 멈춰 서게 했다.

으아아아아아아! 온실이! …라고 말할 때가 아니다!

그 섬광을 깨뜨리며 다가오는 검은 그림자!

"소용없어요!"

위잉!

메피의 갑옷은 빛을 뿜어서 다가오는 그것을 빛의 먼지로 만들어버렸다!

—고목 마족의 한쪽을.

—미끼였나?!

생각한 순간.

우리의 바로 옆에 뼈 마족이 출현했다!

"에잇!"

곧바로 반응해서 검을 휘두르는 가우리!

콰직!

일격이 명중함과 동시에 뼈 마족의 전신이 산산이 부서졌다!

녹색 체액이 성대히 뿜어 나왔고….

—위험하다!

그 순간.

나는 아무런 근거도 이유도 없이 본능적으로 깨달았다.

이 뼈 마족의 무기는 마력 공격도, 하물며 완력도 아닌….

아마도 이 체액이라는 것을.

무수한 조각으로 모습을 바꾸어 폭풍을 타고 우리에게 날아와서 다시 조립한 후.

가우리의 일격과 함께 그 몸을 터뜨려서 피할 수 없는 체액의 비를 우리에게 쏟아붓는 것.

그 순간의 시간이 무한처럼.

내 눈은 시야를 거의 뒤덮으며 펼쳐진 녹색 체액을 비추었고….

다음 순간.

촤악!

체액의 비는 갑자기 궤도를 바꾸어 옆에 있는 땅에 쏟아졌다.

촤아아악 파바바바바바바밧….

그것이 끼얹어진 땅이 이상한 소리와 연기를 내뿜었다.

아무래도 예상했던 그대로인 것 같다.

위험을 느낀 미르가지아 씨나 메피가 한 일이리라.

나는 그렇게 생각했다.

허나.

"아닛…?!"

섬광의 잔상이 사라진 후.

경악의 외침을 내지른 브라두의 시선은 우리와는 다른 곳을 향하고 있었다.

반사적으로 힐끔 그쪽으로 시선을 돌리고….

―이익?!

나는 무심코 반발짝 몸을 뒤로 뺐다.

붉은 그림자는 상당한 거리를 단숨에 이동해서 다시 조립되기 시작한 뼈 마족에게 덤벼들었다.

인간의 것이 아닌 비명.

단단한 것이 부서지는 소리.

쿠우우우우우우우!

근육 섬유 사이에 끼어 부서지는 뼈 마족이 내지르는 단말마.

"구온!"

브라두의 부름에 대답할 수 있는 존재는 이제 없었다.

박살 나고 무수한 먼지로 변해 저세상으로 간 뼈 마족.

내 옆에 있는 상대….

근육 마족의 손(?)에 의해.

아무래도… 그 체액 공격을 빗나가게 한 것도 미르가지아 씨와 메피가 아니라 이 근육 마족인 듯하다.

그나저나… 몇 번을 보아도 끔찍한 점은 변함없는 녀석….

전에 음식점에서 만났을 때에도 이상한 움직임을 보였는데… 대체…?

브라두는 여전히 패기가 없는… 그러나 증오만큼은 듬뿍 서린 시선을 근육 마족 쪽으로 보냈다.

"배신할 생각이냐…?"

"그 말… 그대로 되돌려주지."

말하고 나서 서로를 쏘아보는 두 사람.

"어떻게 된 일이지? 이건?"

"몰라요, 그딴 건."

미르가지아 씨의 중얼거림에 반사적으로 대답하는 나.

"그렇군….

즉… 어느 쪽을 더 존중하느냐 하는 문제인가?"

"그렇게 되겠지."

"잠깐! 뭐가 어떻게 된 거야?!"

이야기를 나누는 브라두와 근육 마족에게 나는 옆에서 말을 걸었다. 일단 근육 마족 쪽은 당장 처리해야 할 적이 아닌 것 같긴 한데….

"인간 따위에게 가르쳐줄 이유는 없다."

노골적으로 내뱉는 근육 마족의 목소리에는 혐오스럽다는 기색조차 섞여 있었다.

그렇군.

눈앞의 적은 아니더라도 우리 편도 아니라는 건가?

"뭐… 아무래도 좋아.

어쨌거나 나는 해치울 생각이야.

방해한다면 너도 해치울 뿐이지.

그뿐이다."

브라두의 일방적인 선언과 함께 남은 부하 마족… 뇌벌레와 고목 마족 두 마리가 앞으로 나섰다.

그 순간.

휘청!

몸이 떨리고.

무릎에서 힘이 빠졌다.

아닛…?! 이건 대체…?!

견디지 못하고 나는 무릎을 꿇었다.

무슨 일이 일어났는지는 알 수 없다.

시선을 좌우로 돌리니 가우리와 루비아, 메피도 그 자리에 무릎을 꿇고 있고, 미르가지아 씨도 간신히 서 있긴 하지만 다리가 작게 떨리고 있다.

무언가의 공격을 받고 있는 건 분명하지만 그 정체를 알 수가 없다!

근육 마족은 아무런 영향도 받지 않은 듯 하늘하늘 흔들리는 뇌벌레를 향해 땅을 박찼다!

허나 그때.

푸욱!

땅에서 별안간 튀어나온 갈색 창이 근육 마족의 몸을 꿰뚫었다!

크아아아아아아악!

근육 마족이 지르는 비명.

그리고.

꿰뚫은 창은 근육 마족의 내부에서 순식간에 무수한 가지를 뻗었다!

단말마의 비명조차 지를 틈도 없이.

결국 아무런 사정도 이야기하지 않은 채.

산산이 흩어진 근육 마족은 허공에서 하얀 재로 변해 흔들리다 사라졌다.

근육 마족을 해치운 창은 뻗은 가지끼리 서로 엉키더니….

고목 마족의 모습을 취했다!

세 마리째?! 두 마리가 아니었나?!

―근육 마족의 움직임을 보건대 이 정체불명의 공격을 한 게 뇌벌레 마족이라는 건 어렴풋이 알 수 있다.

허나 이 상태에선….

생각한 그때.

부웅! 부부부부부부부부부부!

메피의 갑옷이 날개를 펼치듯 크게 벌어지며 낮은 진동음을 주위에 퍼뜨렸다.

동시에 몸의 이상이 거짓말처럼 사라졌다.

우오오오오오오오오!

대기를 진동시키며 포효한 미르가지아 씨는 푸르스름한 마력구를 만들어내어 뇌벌레 마족을 향해 쏘았다!

빛은 대기를 불태우고 뇌벌레의 다리를 증발시키다가….

돌연 허공에서 정지했다.

"이런이런…. 겨우 발견했나 했더니…."

목소리와 함께 빛이 작게 집결해서 그의 손바닥에 빨려들어 사라진다.

"빨리도 소동에 휘말리셨군요….

뭐, 당신들답다면 당신들답지만."

"우…?!"

"너…?!"

미르가지아 씨와 나의 떨리는 목소리.

그리고.

그 이름을 부른 사람은 가우리였다.

"제로스…!"

수신관 제로스.

그렇다.

우리는 이 남자를 알고 있다.

이 자리에 어울리지 않는 싱글벙글한 미소. 검은색을 바탕으로 한 신관복.

언뜻 보면 어디서나 한두 번쯤을 봤을 듯한 정체불명의 신관이지만….

당연히 겉모습 그대로의 존재는 아니다.

마왕 휘하의 다섯 심복 중 하나인 그레이터 비스트(수왕) 제라스 메탈리옴의 직속 신관.

천 년 전의 강마전쟁에선 수많은 용의 군단을 단 혼자서 궤멸에 이르게 한 마족.

그 실력은 마왕과 그 심복을 제외하면 아마 마족 중에서도 1~2위를 다툴 것이다.

그리고… 나와 가우리와도 결코 인연이 적지 않은 상대.

"섣불리 공격하지 마라, 메피."

"예…?"

제로스를 모르는 메피에게 미르가지아 씨가 작은 목소리로 말했다.

"오…

이게 누구신가…. 그렇군…. 큭큭큭큭…."

제로스의 출현에 브라두는 큭큭거리는 웃음을 흘렸다.

"아무래도 이걸로… 승부는 난 것 같… 군!"

말과 동시에 광탄을 우리에게 쏜다!

허나.

파직!

제로스가 지팡이를 한 번 휘두르자 브라두가 쏜 그것은 도중에 허무하게 흩어져 사라졌다.

"아닛…?!"

"착각하면 안 돼요, 브라두 씨."

제로스는 태연하게 걸음을 옮겨서 고목 마족에게 친근하게 손을 툭 얹더니 브라두 쪽으로 시선을 돌린다.

"사실 전 꽤 좋아한답니다.

옛날이야기에 나오는 박쥐를."

…….

그 말에 할 말을 잃는 브라두.

뭐… 제로스답다면 확실히 제로스다운 발언이긴 하지만….

"쉽게 말해 중립입니다.

저 개인적으론…

아니, 뭐, 그걸로 좋겠지요."

"전에 만났을 때에는 '다음에 만나게 되면 적'이라고 한 것 같은데?"

침묵한 브라두 대신… 은 아니지만, 나는 제로스에게 말했다.

제로스는 내 쪽으로 시선을 돌리고,

"뭐, 상황이라는 건 변하기 마련이니까요.

그리고…

특별히 당신들 편인 것도 아닙니다."

태연하게 그렇게 말한다.

"그렇군….

그래서?

이번엔 뭘 생각하고 있는 거지?

사일라그에 뭐가 있는 거야?"

"그건…."

"비밀이라고는 하지 마.

말해.

이건 거래라고!"

"거래?!"

제로스는 무시하듯 한쪽 눈썹을 치떴다.

"이런이런….

저와 거래할 수 있을 만한 거리가 리나 씨에게 있을 거라곤 생각 못 했네요."

"시치미 떼지 마!

가이리아 시티에 도착하기 이틀 전에 갔던 음식점! 잔돈이 없었던 너 대신 내가 지불한 동전 두 닢!

빚이 없다고 하진 않겠지?"

"자… 잠깐…!

아직도 기억하고 계셨나요? 그런 걸!"

"아직도 기억하고 계셨나요… 라고?!

그럼 너도 기억하고 있다는 말이렸다!

기억하고 있었으면서도 갚지 않았다는 말은 다시 말해 고의적!

제법이구나…. 과연 그레이터 비스트(수왕)의 심복…."

"아니… 그런 스케일이 작은 걸로… 그레이터 비스트 님의 존함까지 꺼내시면 곤란한데요…."

꽤 난처한 듯 긁적긁적 자신의 뺨을 긁는다.

그동안 옆에 있는 브라두는 꿈쩍도 하지 않았다.

아니, 정확히 말하면….

움직이지 못하는 것이리라. 아마도.

제로스가 어느 정도의 힘을 가지고 있는지 아는 이상, 제로스의 태도가 분명치 않은 이 상황에선 어떻게 움직여야 할지 결심이 서지 않는 것이다.

"뭐… 동전에 대한 건 나중에 이야기하기로 하고…."

말하고 나서 제로스는 그 브라두 쪽으로 시선을 돌린다.

"전 말이죠, 브라두 씨.

이런 일로 마족끼리 서로 죽이는 건 어리석은 일이라고 생각합니다."

"이런 일…?"

태연한 제로스의 말을 듣고서 브라두의 눈에 적의가 감돈다.

"오해하지 마시길.

인간의 생사를 두고 한 말입니다.

당신이 지금은 저와 입장이 조금 다르다고 해도 마족의 한 사람, 안 그래도 마족은 최근 불경기라서…

쓸데없이 싸우다 만에 하나 죽기라도 하면 바람직하지 않습니다.

일단…

제 얼굴을 봐서 물러나주시면 고맙겠는데요."

"……."

브라두는 잠시 어두운 시선으로 우리와 제로스를 번갈아 바라보더니.

역시 불리하다고 생각했는지 고목 마족과 뇌벌레와 함께 스윽 허공에 녹아 사라졌다.

아무래도 물러나준 것 같다.

일단 이 자리에서만 물러난 거겠지만.

"자, 그럼…

어?"

브라두가 떠난 후.

제로스는 주위를 둘러보더니 이제야 깨달았다는 듯 옆에 있는 온실로 시선을 돌렸다.

"이것은 귀한 것이로군요.

온실이라고 하던가요.

하지만… 이런.

유리가 몇 장 깨졌네요.

하하…

그럼 리나 씨 일행을 노리고 온 브라두 씨와의 싸움에서 깨진 거겠군요.

이건… 리나 씨 일행에게도 책임이 없다고는 할 수 없겠죠?

유리 한 장에 얼마였더라…? 그리고 온실 수리가 끝날 때까지 안에 있는 식물에도 영향이 미칠 텐데….

이거 꽤 손해가 클지도 모르겠네요…."

"잠깐….

무슨 말을 하고 싶은 거야? 제로스."

"아뇨아뇨. 딱히 무슨 말을 하고 싶은 건 아니고요."

제로스는 변함없이 싱글벙글 웃는 얼굴로 내 쪽을 돌아보았다.

"이걸 제가 수리하고 방금 전 리나 씨가 말씀하신 동전 두 닢의 빚은 해소하는 건 어떨지요?"

"수리…?"

이것을 평범하게 수리한다면 동전 두 닢 정도론 철틀 하나도 고칠 수 없을 거다.

그리고 무엇보다도….

수리라는 말에 내 머릿속에 한순간 목수 차림으로 망치를 휘두르는 제로스의 모습이 떠올랐기에….

"오케이. 그럼 한번 해봐."

반사적으로 나는 그렇게 대답했다.

"알겠습니다. 그럼…."

말하고 나서 제로스는 빙글 지팡이를 한 번 회전.

그 순간.

땅에 떨어져 반짝이고 있던 무수한 유리 조각이 허공에 떠서 깨졌던 장소로 모였다.

그것들이 한순간 번쩍! 오렌지색으로 빛났고….

빛이 사라진 그곳에는, 금조차 가지 않은 유리판이 아무 일도 없었다는 듯 빛나고 있었다.

아니… 어쩌면 깨지기 전보다 투명도가 더 높아지고 좀 더 평평해진 것 같은 느낌조차 든다.

이 녀석, 제로스! 목수 차림을 기대한 내 입장은 어떻게 되는 거냐!

"말도… 안 돼…."

멍한 메피의 중얼거림.

"유리 성분만을 한정 범위에서 추출해서 원하는 형태로 재결합…. 이론상으론 가능하지만… 그것을 이런 단시간… 아니… 한순

간에…!"

무언가 계속 중얼거리고 있다.

—뭐, 제로스가 방금 한 일이 꽤 터무니없는 일이라는 것 정도는 나도 알지만.

제로스에게는 그것조차도 동전 두 닢만큼의 노력에 불과한 것일까…?

"뭐, 확실히… 당신들이 같은 일을 하는 건 조금 어렵겠죠."

말하고 나서 제로스는 메피에게 그 얼굴을 돌렸다.

말투에 자랑이나 비꼬는 기색은 없다.

그가 말하는 건 그저 엄연한… 사실.

"누구죠…?"

"너도 들은 적이 있을 거다, 메피. 제로스라는 이름을."

떨리는 목소리로 중얼거리는 메피에게 미르가지아 씨가 말했다.

그 말에 그녀는 잠시 침묵하더니….

작게 숨을 삼켰다.

"강마전쟁의… 드래곤 슬레이어(용을 멸한 자)?!"

그 말에 제로스는 쯧쯧쯧 손가락을 흔들었다.

"그런 사나운 별명은 별로 좋아하지 않습니다.

'수수께끼의 신관'이나 '정체불명의 호청년'이라 불러주시면
기쁘겠네요."

"혹은 '뒷모습이 바퀴벌레 닮은 녀석'이라든지. '심부름꾼 마

족'이라고 불러도 돼."

"리나 씨이이이이이⋯."

옆에서 끼어든 나의 말에 원망스러운 시선을 내 쪽으로 보낸다.

"하지만⋯."

미르가지아 씨가 말했다.

진지한 시선으로 빈틈없이 제로스를 응시한 채다.

"겨우 발견했다고 했는데⋯ 너까지 움직이기 시작한 걸 보면 어지간히 큰 계획으로 보이는군.

무엇을 꾸미고 있는 거냐? 심부름꾼 마족이여."

우와 이 용, 진짜 이렇게 불러버렸어.

"그렇게 부르지 마세요!

제로스입니다! 제·로·스!"

항의하는 목소리를 내고 나서 내 쪽으로 시선을 돌렸다.

"어쨌거나 온실을 수리한 이상, 이제 빚은 사라졌습니다.

그러니까⋯

우리가 무엇을 생각하고 있는지는⋯."

검지를 입가에 대고.

"비밀인 거야?"

한발 앞서.

옆에서 가우리가 선수를 치자,

"⋯⋯."

제로스는 한순간 울 것 같은 표정을 짓더니⋯.

"가우리 씨는 심술쟁이!"

아이 같은 말을 남기고 허공으로 도약해 모습을 감추었다.

그 뒤에는 그저… 침묵만이 남았을 뿐.

"왜… 왠지…."

침묵 속에서 주뼛주뼛 메피가 입을 열었다.

"생각했던 것과 다른 것 같다는 느낌이 드는데요…."

"그래서 무서운 거야."

나는 말했다.

굳은 목소리로.

"담소하고 있는 상대의 목을 웃으면서 베는 타입이야, 그는."

이마에 맺혀 있는 식은땀은 한동안 가실 것 같지 않았다.

3. 그의 땅에서, 이공간 끝에서 만난 것

"벌써 가시려고요?"

작은 꽃가게 앞에서.

루비아는 아쉬운 듯 말했다.

제로스가 허공으로 모습을 감춘 그 직후의 일이다.

"뭐… 이번에도 우리는 뭐가 뭔지 모를 소동에 말려든 것 같아서…."

어색한 어조로 머리를 긁적이며 나는 말했다.

"상황은 우리도 전혀 모르지만… 어쨌거나…

더 이상 이곳에 있으면 또 폐를 끼치게 될지도 모르니…."

"폐라뇨. 무슨."

"그리고…

만약 다음에 온실에 무슨 일이 생긴다고 해도 그때 또 편리한 수리공이 와준다고 장담할 수도 없어.

그것만은…."

나는 꾸욱! 주먹을 쥐고,

"인류 문화의 결정,

온실만은! 파괴해선 안 돼!"

"이… 인류 문화의 결정일 것까지는….”

"어쨌거나 잠깐 다른 곳에 볼일도 있고

너무 여유를 부려도 왠지 말썽만 일어날 것 같으니.

뭐, 어찌 됐건,

루비아가 잘 지내고 있는 걸 봐서 다행이야.”

나의 말에….

루비아는 약간 시선을 돌리며.

"그렇지도 않아요….”

가는 한숨을 내쉬며 말했다.

"리나 씨 일행과 오랜만에 만나서 들떴지만…

잘…

잊히지 않는 법이에요…. 그런 일은….”

아….

눈동자에 서린 깊은 피로와도 같은….

"뭐, 어찌어찌 잘 살고 있지만요.”

슬픈 기색을 숨기고 미소를 짓는다.

"조심해서 다녀오세요.

또 기회가 있으면 와주시고요.”

말하고 나서 루비아는 작게 고개를 숙였다.

그 순간 흔들리던 그 눈동자가 묘하게 인상에 남았다.

슬픔의 이유를 나는 알고 있다.

과거에 그녀는 모시던 마법사가 있었다.

허나 그의 폭주를 막기 위해 그를 죽인 사람은 루비아 자신.

그녀는 그에게 대체 어떤 마음을 품고 있었을까?

상상하는 건 어렵지 않다.

그런 그를 자신의 손으로….

—잊히지 않는 법이에요.

루비아는 말했다.

그녀가 어떤 마음이었는지… 실제로 나는 잘 알 수 없다.

허나 그래도.

그녀는 오늘을 살면서 내일로 가는 길을 선택했다.

나는 그렇게 믿고 싶다.

"무슨 생각을 하세요?"

옆에서 슬쩍 얼굴을 들여다보며 말하는 메피.

"음…. 아니…

오늘 밤 여관하고 밥은 어떻게 할까 해서."

그 질문에 나는 적당한 말을 입 밖에 냈다.

일동은 지금 루비아의 집을 떠나 마을 큰길로 돌아온 참이다.

"흐음…."

내 말에 메피는 건성으로 맞장구를 친다.

"뭐, 그녀는 괜찮지 않을까요?

무슨 일이 있었는지는 묻지 않겠지만."

"무슨 이야기를 하는 거야?"

"아, 그러고 보니 여관 이야기였죠?"

시치미를 떼듯 말하는 메피.

이 녀석… 묘한 곳에서 이상하게 감이 좋네.

"뭐, 확실히 뭘 하든 어중간한 시간이라는 것만은 분명하군요."

조금 기울기 시작한 태양 쪽에 힐끔 시선을 돌리고 그녀는 말했다.

실제로—

이웃 마을까지 바로 이동한다고 해도 해가 저문 다음에야 도착할 것이고, 그렇다고 바로 묵을 곳을 잡고 쉬기에는 너무 이르다. 어중간한 시간이다.

보통 때라면 이 마을에서 느긋하게 지내도 좋지만 방금 전에 습격을 받은 참이다.

이대로 머무른다고 해도 별로 푹 쉴 수는 없을 것이다.

"그 문제는 나중에 이야기하지."

그렇게 말한 미르가지아 씨는 어느샌가 발을 멈춘 상태였다.

그리고 가우리 역시.

"예?"

나와 메피는 그들이 보고 있는 방향으로 시선을 돌리고….

"!"

그들이 바라보고 있는 곳.

점심나절 때보다 사람들의 왕래가 더욱 줄어든 거리 저편에 있는 것은….

평범한 얼굴에 키가 크고 패기가 없는 눈빛의 청년.

브라두?!

이 녀석! 물러간 거 아니었나?!

생각한 순간.

휘청!

몸이 떨리고

힘이 빠졌다.

얼마 전의… 그 정체불명의 공격인가?!

돌아보니 주위의 통행인들도 몸을 부들부들 떨면서 땅에 주저 앉아 있다.

부부부부부부부붕!

메피의 갑옷이 진동음을 냈다.

가볍게 사라지는 몸의 이상.

그리고.

우오오!

미르가지아 씨가 외쳤다!

만들어진 빛은 저편으로 날아가며 가로수 가지를 세차게 뒤흔 들었고….

쿠륵!

이상한 비명이 주위에 울려 퍼지며 수풀 속에서 나타난… 아니, 수풀로 떨어진 건 지난번의 뇌벌레 마족.

빛에 정통으로 명중한 듯 중앙의 뇌에 바람구멍이 뚫려 있다.

그것은 잠시 동안 다리를 꿈틀거렸지만 곧 움직이지 않게 되더니 마치 마른 모래성처럼 부스스 무너졌다.

통행인들은 사태를 제대로 이해하지 못한 듯했지만 그래도 사건의 낌새를 읽고 비명을 지르며 도망쳐갔다.

그 뒤에 남은 건 우리 네 사람과 브라두뿐.

─물론… 아마 이 근처에 고목 마족들이 숨어 있겠지만.

"쓸데없는 짓을 했군."

거만하게 브라두를 바라보며 미르가지아 씨가 말했다.

"무수한 다리를 비벼서 인간은 듣지 못하는 음파로 공격….

인간이라면 그 정체를 간파하는 것조차 불가능하겠지만 나와 메피의 청각이라면 그것을 인식하는 것도 가능하다."

으음…. 그것이 뇌벌레 마족의 능력이었군.

그걸 눈치챈 메피는 제나파로 소리를 내어 상대의 음을 지워버린 건가?

원리를 알면 대처하는 방법은 얼마든지 있지만, 인간의 귀에 들리지 않는 소리라면 그것이 들통 나는 일도 없다.

─인간만을 상대한다면 그렇다는 이야기지만.

실제로 만약 미르가지아 씨와 메피가 없었다면 어떻게 대응해야 할지 알 수 없었을 것이다.

"뭘. 그런 건 신경 쓰지 마."

그러나 브라두는 살랑살랑 손을 저었다.

"그쪽에 용과 엘프가 있다는 걸 안 순간에 바이다아즈는 쓸모가 없다는 걸 알았으니까.

그래도 혹시나 해서 시험을 해보았는데… 역시나 쓸모가 없었 군.

뭐, 있건 없건 똑같다면 선전 포고 대신 죽었다고 해도 별 피해 는 아니잖아?"

"소중한 친구 아니었어?"

"글쎄?

소중한 친구였지."

내 말에 브라두는 장난스러운 어조로 답했다.

"친구가 죽은 그 슬픔을 분노로 바꾸어 적을 해치우는…

그런 이야기를 좋아하지? 너희들은."

"그런 것보다… '동료를 죽게 놔둔 2류 악당이 한 방에 저세상 으로 가는' 이야기를 더 좋아해.

웃기니까."

"그거 유감이군. 너하고는 취향이 다른 것 같아.

하지만 한 가지 착각하고 있는데,

내 눈에서 보면 주인공은 나야.

물론 악당은 너희들이고."

"주인공치곤 너무 허접하지 않아?

제로스의 미소 한 번에 맥없이 후퇴한 주제에."

"음, 그때에는 그랬지.

그래서 지금 리턴 매치를 하러 온 거야.

조금 페이스는 빠르지만."

"그리고 순식간에 '친구'가 죽고 말았지.

만약 네가 주인공이라면…

그 이야기의 결말은 불행한 엔딩이겠어."

"그런가?

난 그렇게 생각 안 하는데.

뭐하다면 확인해볼까?"

"싫다고 해도 확인해볼 생각이잖아."

"당연하지."

대답한 그 순간.

콰릭!

길가의 돌바닥을 뚫고 고목 마족이 튀어나왔다!

숫자는 셋!

"안됐지만 그쪽도 원리는 알고 있다!"

우오오!

외친 미르가지아 씨가 만들어낸 빛의 구슬은 세 개!

그것이 세 마리의 고목 마족을 향해 돌진한다!

"원리를 알면 뭐든 해치울 수 있다는 거냐?!"

조소하는 목소리를 내며 브라두는 광탄을 만들어냈고….

파직!

미르가지아 씨가 쏜 것 중 하나를 공중에서 깨뜨렸다.

그 순간.

콰앙!

세 마리의 고목 마족이 동시에 폭발했다!

"해치울 수 있어요."

여유로운 어조로 말한 사람은 메피.

브라두가 미르가지아 씨의 공격에 정신이 팔린 틈에 메피가 다른 궤도에서 일격을 쏜 것이다.

그리고… 세 마리는 동시에 파괴되었다.

허나.

"무리라고 생각하는데."

브라두가 말한 그 순간.

"?!"

우리는 즉시 그 자리에서 물러났다.

발밑의 돌바닥을 뚫고 튀어나온 건 근육 마족을 저세상으로 보낸 나무창.

방금 전까지 우리가 있던 공간을 꿰뚫고 그것은 네 마리의 고목 마족으로 변했다.

더 늘었잖아아아아아아아아!

"보라고."

네 마리의 고목 마족은 뿔뿔이 흩어진 우리를 향해 한 마리씩 공격했다!

날아오는 나무 화살을 피하며 나는 속으로 주문을 외우기 시작했다.

미르가지아 씨가 외치고 메피의 갑옷이 펼쳐진다.

가우리의 검이 번뜩였고….

파바바박!

네 마리 중 세 마리는 한순간에 쓰러졌다.

그러나 내가 담당한 몫은 주문 영창이 늦어져서 해치우지 못했다!

나머지 한 마리가 나무 화살을 적당히 쏘았고….

그곳에서 다시 세 마리가 재생했다.

"원 참! 뭐하는 거야!"

따지는 어조로 말하는 메피.

억지 쓰지 마! 인간에겐 주문을 외우는 시간이 필요한 법이라고!

나는 겨우 주문을 완성하고 타이밍을 살핀 후….

"에르메키아 란스!"

화악!

눈앞의 고목 마족을 향해 쏘았다!

미르가지아 씨와 메피도 마력탄을 쏘고 가우리도 검을 휘두른다.

"안됐군."

브라두가 대충 쏜 광탄이 메피가 쏜 그것을 공중에서 맞받아쳐 소멸시켰다.

나머지 세 마리는 해치웠지만 나머지 한 마리가 쏜 화살에서 역시 쉽게 재생한다.

아까와 완전히 똑같은 일의 반복.

젠장. 이 녀석들 한 마리 한 마리는 별것 아닌데.

근육 마족을 해치운 걸로 보아 공격력은 그럭저럭 있는 것 같지만 공격 패턴은 단순하고 방어력도 떨어진다.

분명히 말해 그런 부분은 순마족이라고 하기에도 부끄러울 정도로 허접하다.

그러나 문제는 재생 능력.

애당초 도합 몇 마리나 있는 건지.

해치워도 해치워도 우후죽순처럼 쑥쑥 돋아나니….

…….

혹시…?!

적의 단조로운 공격을 피하면서 나는 몸에 부착한 데몬 블러드 탤리스먼으로 마력을 증폭한 후 속으로 주문을 외우고….

"제라스 브리드!"

내가 만들어낸 빛의 띠는 눈앞의 고목 마족 쪽으로 직진하다가…. 명중하기 직전에 궤도를 바꾸어 뒤에서 구경만 하고 있던 브라두를 향해 돌진했다!

"이크!"

몸을 피하는 브라두. 그것을 추격하는 빛.

순간.

빛과 브라두 사이에 다섯 마리째의 고목 마족이 출현했다!

콰앙!

빛도 그것은 피하지 못하고 고목 마족과 함께 소멸했다.

"그걸 기습이라고 한 거냐?"

조소하는 브라두에게 나도 웃음으로 답하며 소리쳤다.

"아니! 확인이야!

다들 잘 들어!

이 녀석들의 본체는 저 브라두야! 저 녀석을 해치우면 모두 사라질 거야!"

"아닛…?!"

브라두가 내지른 경악에 찬 목소리.

역시… 정곡을 찔렀군!

맨 처음 고목 마족만 나온 탓에 브라두를 다른 존재로 보고 있었지만 그것은 작전이었던 것이다.

언젠가 본 붉은색 공과 회색 공의 관계….

처음에 나는 고목 마족들을 그렇게 생각했지만 그렇지 않다.

브라두와 고목 마족은 과거에 싸웠던 패왕장군 쉐라와 마검 두르고파와 같은 관계였다.

즉. 주인과 주인에 의해 만들어진 존재. 동일하지만 개별적인 존재.

고목 마족은 주인이 있는 한 무한히 재생하고, 주인을 잃으면 소멸한다.

계속 출현하는 고목 마족을 보고 나는 한순간 죽순을 연상했다.

뿌리 이곳저곳에서 싹을 틔우는 생명력….

그렇다면 그 '뿌리'는 어디에 있는 걸까?

대답은 간단. 눈앞이다.

브라두는 뼈 마족과 뇌벌레 마족의 이름을 부르며 '둘 다 소중한 친구'라고 말했다.

그에 비해 고목 마족은 이름도 불리지 않았고 '친구'에도 속하지 않았다.

왜일까?

고목 마족이 다름 아닌 브라두 자신의 일부이기 때문이 아닐까?

그리고 제로스.

브라두에게 말을 걸 때 일부러 고목 마족에 손을 얹어놓았다.

그것은 '저에겐 당신의 속임수는 통하지 않습니다'라는 선언이 아니었을까?

나는 그렇게 생각한 것이다.

고목 마족을 여러 번 지켜 보인 건 그것을 속이기 위한 눈가림. 그렇게 생각하면 고목 마족의 무절제한 증식과 재생도 설명이 된다.

"그렇군! 믿어보겠다! 인간이여!"

미르가지아 씨가 만들어낸 십여… 아니, 수십 개의 광탄이 브라두를 향해 날아갔다.

"큭!"

브라두의 모습이 한순간 흔들렸고….

부우우우우우우우우웅!

메피의 갑옷이 날갯짓 소리를 내며 그 흔들림을 지워버렸다.

공간을 도약해서 이동하려는 걸 막은 것인가?

그리고.

콰과과과과과과광!

명중!

무수한 빛이 터진 그곳에는 검게 타고 뒤틀려 엉킨 고목 마족…
아니, 브라두의 일부.

흠. 원래는 방패 겸 공격 수단이었나 보군.

허나!

그곳으로 가우리가 돌진했다!

파바바바박!

허공을 가르는 무수한 검광! 그리고 그대로 뒤쪽으로 이탈!

베인 '방패'가 무너진 그 순간.

"다이나스트 브라스[覇王雷擊陣]!"

파직파직파직파직파직!

그 뒤쪽에서 내 술법이… 마력의 번갯불이 미친 듯이 날뛰었다!

크아아아아아아아아악!

브라두의 절규.

'방패'가 하나하나 튕겨나가자 안에서 브라두가 모습을 드러냈다.

타격은 입었지만 아직 죽지는 않았다.

<u>우오오오오오오오오오오!</u>

외치는 미르가지아 씨의 손안에 푸르스름한 빛이 만들어졌고
….

"자… 잠깐…!"

한심한 소리를 지르는 브라두.

멈추라고 해서 누가 멈출까?

"사일라그에 무엇이 있는지, 무슨 일이 일어나고 있는지 알고
있는 거냐?!"

—?!

그 말에 미르가지아 씨의 움직임이 멎었다.

으음…. 그건 조금 흥미로운 이야기지만….

"쓸데없는 소리는 하지 않는 게 좋습니다."

목소리는 별안간 들려왔다.

"!"

브라두가 무언가 행동에 돌입하기도 전에,

푸욱!

허공을 뚫고 드러난 검은 송곳이 브라두를 상하로 관통했다!

"이건?!"

미르가지아 씨의 놀란 목소리와 함께.

브라두의 몸은 순식간에 희게 변색되더니 재처럼 바람에 날려 사라져갔다.

잠깐의 사이를 두고 방패 조각과 여전히 활동하고 있던 '말단 조직' 여러 개도 같은 말로를 맞이했다.

이때에는 이미 브라두를 멸한 검은 송곳은 다시 모습을 감춘 상태였다.

"역시 아직 이 근처에 있었구나, 제로스."

"어? 별로 안 놀라시는군요, 리나 씨."

목소리는 바로 옆… 그러나 모습은 보이지 않은 채 어디선가 들려왔다.

전에도 한 번 본 적이 있다. 방금 그 검은 송곳은 제로스 본체의 일부 같은 것.

"그럴 수밖에.

넌 '중립'이라고 했지만

너의 경우, 그건 '어느 쪽에든 손을 대지 않고 돕지 않는다'는 의미가 아니라 '나는 옆에서 재미있게 구경만 하겠다'는 의미잖아."

"꽤 정확한 의견이로군요."

울려 퍼지는 목소리에 쓴웃음이 섞였다.

"마족이 줄어드는 게 싫어서 난입했다고 했지만…

흥미 위주의 너로선 모처럼의 재미있는 일이 허사가 되는 편이 더욱 싫었겠지.

기척을 숨기고 주위에 숨어 구경하다가…

브라두가 얌전히 물러나거나 조용히 죽으면 괜찮지만

재미있는 일을 허사로 만들 기미를 보이면…

이렇게 할 생각이었겠지.

아니었어?"

"좋은 통찰력입니다, 리나 씨. 실로 좋은 통찰력입니다."

제로스는 말했다. 만족스러운 듯.

이 녀석이 이런 말을 하면 꼭 좋지 않은 일이 일어나는데….

"어쨌거나…

2류 악당의 청소도 끝났으니

이번에야말로 전 이쯤에서 가보겠습니다.

그럼 리나 씨, 가우리 씨,

즐거운 사일라그 여행을…."

"잠깐?! 제로스!"

황급히 소리를 지르는 나.

그러나 내 부름에 더 이상… 목소리는 돌아오지 않았다.

여행길은…

꽤 순조로웠다.

물론 세간에서는 데몬의 발생과 습격 사건이 계속 일어나고 있
다. 우리도 야생 데몬들과 우연히 마주쳐서 해치우기를 여러 번.

한 번은 역시 우연히 만난 순마족과 싸움이 벌어져서 미르가지

아 씨가 가볍게 해치우는 사건도 있었다.

세간의 눈으로 보면 꽤나 파란만장했다는 설도 있지만 브라두급의 마족이 공격한 것에 비하면, 뭐랄까, 그럭저럭 평온하다고 말하지 못할 것도 없다는 생각이 들지 않는 것도 아니다⋯(자신 없는 어조).

뭐, 어쨌거나.

우리 일행이 아트라스를 떠난 후로 큰 사건은 특별히 없다.

수수께끼의 신관 제로스도 그 이후 모습을 드러내지 않았다.

아마 녀석의 성격상 다시 나타나는 일은 없을 것이다.

또 브라두 같은 녀석이 나와서 우리에게 상황을 설명하려고 하지 않는 한.

덧붙여 말하면 나의 도플갱어—아마 마족이 변한 거겠지만—도 사일라그로 출발한 이후로는 모습을 보이지 않았다.

그럭저럭 순조⋯.

다만 지금까지는 그렇다는 이야기.

앞으로도 그럴 거라는 보장은 없다.

아무튼 지금은 사일라그가 코앞.

우리는 울창한 숲 속으로 난 길을 지나가고 있었다.

사일라그 시티를 둘러싼⋯ 과거엔 '독기의 숲'이라 불리던 숲이다.

길을 가는 다른 사람은 없다.

"조심해라, 인간들이여."

갑자기.

미르가지아 씨가 입 밖에 낸 중얼거림에는 긴장의 빛이 섞여 있었다.

전에는 이 숲에 묘한 독기가 꽉 차 있었는데…

지금은 사라졌지만… 지금은 그와는 다른 묘한 기척이 또 가득 차 있었다.

습격자의 기척 같은 건 아니다.

대체 뭐라고 해야 좋을지… 불쾌한 것도, 그렇다고 기분 좋은 것도 아닌 공기.

다만… 뭐랄까… 공기 안에 섞여 있는 무언가가 짙다.

무엇이냐고 묻는다면 대답하기 곤란하지만….

굳이 말하자면 그런 곳이라고나 할까?

그러나 아무래도 인간과는 다른 미르가지아 씨의 오감… 아니, 초감각은 이 공기의 이유를 간파한 모양이다.

"확실히 분위기랄까, 공기가 이상한데… 이유를 알아요?"

"모른다."

이봐.

간파하지 못한 거잖아!

"모르지만 무언가가 이상하다.

아니, 모르니까 조심하라고 말한 거다."

"아니, 그런…

알지 못하는 걸 '조심하라'고 해도…."

"방심하지 말라는 소리다."

"이미 잘 알고 있어요."

물론 나도 이런 상황에서 방심할 생각 따윈 없다.

마족이 대체 무엇을 위해 우리를 이런 곳에 초대한 건지는 모르지만, 과자나 케이크 요리를 대접하는 상황이 되지 않을 것만은 분명하다.

그리고 이곳은 마을에만 발을 들여놓지 않았을 뿐 이미 사일라그라고 해도 좋을 장소.

그렇다면 언제 환영을 받아도 이상하지 않다.

"누군가 있어."

가우리가 그렇게 말한 건 우리가 그런 이야기를 하고 있을 때였다.

"?"

시선을 돌려서 봐도 나무 사이로 꾸불꾸불 나 있는 길 저편에는 아무도 없다.

─허나 그로부터 얼마 지나기도 전에.

그때까지 보이지 않던 나무 그늘 뒤쪽 길에서 두 사람의 모습이 시야에 들어왔다.

……?

정신을 차려보니.

우리는 그 자리에 발을 멈춘 상태였다.

앞길에 서 있는 두 사람은 그저 가만히 그 자리에 서서 이쪽을 보고 있다.

틀림없이 기다리고 있었던 것이다. 우리를.

쌍방의 거리는 그리 멀지 않다.

두 사람 모두 겉보기로는 스무 살 정도의 여성이다.

한쪽은 태양 같은 색깔의 빛나는 금발을 짧게 정리한 덩치 큰 여성.

눈초리가 사나운 것도 아니고 복장도 평범한 여행자풍. 무기와 방어구 같은 것도 몸에 걸치지 않았지만 어딘지 날카로운 인상을 준다.

그에 비해 다른 한쪽은 흐르는 듯한 칠흑 같은 긴 머리의 가냘픈 여성. 고급 소재로 보이는 푸른색 드레스 차림에 화려하지는 않지만 훌륭한 디자인의 장신구를 여럿 걸치고 있다.

금발 쪽은 둘째치고 흑발 쪽은 아무리 보아도 여행자의 모습이 아니다. 이런 차림으로 여행을 했다간 금방 도적들의 표적이 될 것이다.

운이 좋아 무사히 넘어간다 해도 드레스 자락은 길바닥의 잡초 등에 닳아서 이틀도 지나지 않아 너덜너덜해진다.

"기다렸습니다."

조용한 어조로 말한 사람은 검은 머리 쪽이었다.

적의도, 악의도 없는 말투. 다만 진심으로 환영하는 기색도 없다.

사무적인 환영 인사라고 해야 할까?

"누구지…? 아니, 물어볼 것까지도 없나…?"

말하려다 말고 나는 쓴웃음을 지었다.

확실히 눈앞의 두 사람은 외모도, 기척도 인간이다.

허나 마족에게서 초대받은 우리를 기다리고 있었으니… 조금만 생각하면 그 정체는 금방 알 수 있다.

"누구야?"

옆에서 나에게 묻는 가우리.

조금은 머리를 써…. 너도….

─아니. 어쩌면 가우리의 특성상 '생각해도 알 수 없었던' 것일지도…!

"접수계 같은 거라 생각하시면 될 거예요."

내 말인지, 가우리의 말인지에 응해 흑발은 말했다.

접수계…?

그 대답은… 조금 예상 밖인데….

"모처럼 오셨는데 죄송하지만 드래곤 로드(용왕) 님과 엘프 님은 이곳에서 기다리시길."

이번엔 금발이 묘하게 사무적인 어조로 말했다.

호오…. 메피 쪽은 둘째치고 미르가지아 씨가 드래곤 로드라는 별칭을 가진 골든 드래곤의 변신체임을 한눈에 간파하다니….

마족 중에서도 어느 정도 힘을 가지고 있는 상대라는 뜻인가?

"초대받은 분은 리나 인버스 님과 가우리 가브리에프 님 두 분 뿐이니까요."

훗….

나는 작게 코웃음을 치며 말했다.

"저기 말야…

'여기서 전력을 분산해주세요'라고 말한다고 얌전히 그 말에
따를 거라 생각해?

우리에게 아무런 이점도 없잖아."

"용건이 있는 분은 리나 님과 가우리 님뿐.

얌전히 기다려주신다면 드래곤 로드 님과 엘프 님에겐 위해를
가하지 않을 겁니다."

"그렇다면 더욱…."

"따를 수 없겠군요."

말하면서 성큼 우리 앞으로 나온 사람은 조금 뒤쪽에 있던 미르
가지아 씨와 메피 두 사람.

나와 가우리를 지키려는 듯 흑발과 금발 두 사람 앞에 버티고
선다.

"나와 메피에게는 위해를 가하지 않겠다고 했는데

그 말을 뒤집어 생각하면 두 사람의 인간에겐 위해를 가하겠다
는 뜻."

"이런 두 사람에게 무슨 용건과 원한이 있는지는 모르겠지만
그래선 초대에 응할 수 없어요."

'이런 두 사람'… 이라니. 이봐, 메피.

그나마 '님' 자를 붙여서 부르는 금발보다 더 무례하잖아, 이 녀

석.

"흐음….."

난처한 듯 말문을 닫는 금발.

"무리야.

설명 따윌 해봤자."

대조적으로.

즐거운 듯한 어조로 말한 사람은 흑발이었다.

"처음부터 이랬어야 했어."

말하고 나서 그 흰 손가락을 딱 튕긴다.

그 순간.

눈앞에 서 있는 미르가지아 씨와 메피의 등이 멀어졌다.

아니, 두 사람뿐만이 아니다. 그 앞에 있는 두 사람의 마족과 주위의 경치도.

"뭐야?!"

내 옆에서 놀란 목소리를 내는 가우리.

나와 가우리 두 사람의 거리는 변하지 않았다.

물론 나와 가우리가 뒷걸음질로 달리고 있는 건 아니다.

이상한 사태에… 나는 짚이는 게 있었다.

"공간 간섭?!"

모습은 점점 멀어지고 있지만 조금 전과 변함없이 가까운 곳에서 들려오는 미르가지아 씨의 목소리.

그렇다.

나는 과거에 권력다툼으로 뒤숭숭하던 세이룬에서 이것과 비슷한 현상을 겪은 바 있다.

이만큼 급격하진 않았지만 앞에서 가는 사람의 등이 멀어지고 아무리 걸음을 빨리해도 결코 따라잡지 못한다.

마치 꿈속에서 보는 듯한 흔한 장면.

그리고 정신을 차려보면… 어느새 이공간 속에 들어와 있다.

지금 일어나고 있는 건 그와 똑같은 현상이었다.

실제로 가우리는 미르가지아 씨 일행과 합류하기 위해 내 옆에서 계속 달리고 있었지만 그 위치는 발을 멈추고 있는 내 옆에서 움직이지 않았다.

"어림없어요!"

멀리서 보이는 메피가 흰 갑옷을 넓게 벌리며 여섯 장의 흰 날개를 펼쳤다.

부부부부부부부부부부!

곤충 날갯짓 소리와 비슷한 낮은 진동음이 주위에 울려 퍼진다.

우오오오오오오오오!

그리고 미르가지아 씨도 소리를… 아니, 인간은 결코 발음할 수 없는 주문을 외웠다.

경치가 멀어져가는 속도가 줄고….

그뿐이었다.

확실히 멀어지는 속도는 조금 늦추어졌다.

그러나 사태가 호전된 건 아니다.

"이럴 수가…."

미르가지아 씨의 경악에 찬 신음 소리.

―그래서 나는.

무슨 일이 일어났는지 이해했다.

흑발이 공간 간섭으로 나와 가우리 두 사람을 어딘가의 이공간으로 보내려 했고.

그것을 미르가지아 씨와 메피 두 사람이 간섭해서 깨뜨리려고 했던 것.

본래 어딘가에 억지로 만들어낸 이공간은 그다지 안정된 게 아니다.

실제로 세이룬에서 그 안에 끌려갔을 때에는 한 마리 비둘기를 소환하는 방법으로 빠져나온 바 있다.

즉… 원래 세계와 아주 작은 연결 고리를 만들어서 비눗방울처럼 불안정한 이공간을 깨뜨리고 현실 세계로 귀환한 것이다.

허나….

용과 엘프가 만들어낸 마법 강화 장치…, 리추얼 아머와 제나파 아머를 입은 미르가지아 씨와 메피 두 사람의 간섭도 불안정해야 마땅한 공간 간섭을 깨뜨리진 못했다.

게다가.

분위기로 보아 지금 그 '힘'을 행사하고 있는 건 흑발 쪽뿐.

금발 쪽은 어이없다는 얼굴로 그쪽을 바라보고 있다.

"난폭하군.

혹시나 해서 말해두는데 용과 엘프에겐 손을 대지 마."

"어머.

그러고 보니 그런 명령도 있었네요."

금발과 흑발의 목소리가 들려왔다.

"못을 박아두지 않으면…."

뚝.

갑자기.

모든 소리가 사라졌다.

공간이 확산된다. 숲의 녹음이 멀어진다.

발밑…. 흙을 드러낸 지면이 급속도로 확산되더니….

그 순간적인 시간 후.

나와 가우리 두 사람은 아무것도 없는 그저 넓기만 한 땅 한복
판에 서 있었다.

"이크…!"

몇 걸음 내딛고 멈춰 서는 가우리.

아까부터 계속 달리고 있었는데 이제야 앞으로 나아간 것이다.

"뭐… 야…?! 이게?!"

영문을 모른 채 놀라는 가우리.

"에르메키아에도 이런 곳은 없다고!"

그렇다. 주위에는 숲과 마을은 물론이요, 산등성이 같은 것도
보이지 않는다.

사막인 것도 아니고 그저 평평할 뿐인 지면. 잡초 한 포기 나 있

지 않아서 살아 있는 것의 기척은 이곳에는 전혀 없다.

돌아보니… 새파란 하늘에도 구름 한 조각 없다.

그리고.

주위는 숲에서 느낀 그 뭐라고 할 수 없는 위화감이 가득한 공기를 더욱 농축시킨 듯한… 그런 분위기로 가득했다.

밑져야 본전이라는 생각으로 시험 삼아 나는 소환 주문을 외워서 비둘기 한 마리를 소환했지만… 그것은 날갯짓을 하며 아무것도 없는 공간 저편으로 사라졌을 뿐.

역시… 효과가 없는 건가…?

그렇다면 세이룬 때에 비해 이 세계를 만들어낸 자의 힘이 강한 건지, 아니면 무언가의 방법으로 이 이 세계를 안정시킨 건지….

"뭐하고 있어? 리나! 비둘기를 불러낼 때가 아니잖아!

놀라야 해? 당황해야 해? 어디야? 여긴!"

"진정해, 가우리.

이공간이야, 이곳은."

"이공간?!"

말한 나에게 가우리는 놀라 소리치며 다시 주위를 둘러보고.

"그게 어딘데?!"

"아니… 그러니까… 뭐라고 해야 할까…."

"사일라그다. 틀림없이."

대답은 옆에서 돌아왔다.

―!

동시에 돌아보는 나와 가우리.

조금 전까지 아무런 기척도 없었는데 그곳에는 지금 붉은 그림자가 우뚝 서 있다.

색은 다르지만 마치 죽음의 신을 연상시키는 망토와 후드를 몸에 걸치고 그 얼굴에는 밋밋한 흰 가면을 쓰고 있다.

입도 코도 없는 그 가면의 눈에 해당하는 부분에는….

붉게 빛나는 보옥 두 개.

설… 마…?!

뺨에 땀이 흐르는 걸 스스로도 알 수 있었다.

"다만.

사일라그와 같은 장소라곤 해도 이곳은 말하자면 얇은 종이 한 장으로 격리한 것처럼 다른 세계.

이번 일을 위해 내가 만들어낸 세계."

—너 설마….

물으려 했던 그 말은 입속에서 얼어붙었다.

상상이 현실이 될까 봐 두려워서.

상대에게선 아무런 기척도 느껴지지 않는다.

기척을 죽이고 있는 건 아니다.

주위의 이질적인 공기 안에 상대의 기척이 매우 자연스럽게 녹아 있는 것이다.

"이곳은…

마력이 가득한 세계.

마란 즉 본래 그 세계에는 존재하지 않는 힘.

이곳은 본래의 세계와는 얇은 종이 한 장의 차이가 있는 까닭에 그만큼 다른 여러 가지 세계와의 경계가 희박.

따라서 대기에 마력이 충만하다.

너희들도 방금 전부터 느끼고 있었을 것이다.

이 세계에 넘치는 마력을."

그렇군……. 즉 아까부터 느낀 위화감은 짙은 마력이라는 뜻인가?

붉은 사신은 말을 이었다.

"이 세계에서라면…

여자여, 그대의 허무의 칼날도 한순간에 사라지지는 않을 것이다.

주문도 영창할 필요 없이 의지의 힘과 '힘 있는 말'만으로 발동할 것이다.

남자여, 그대가 가지고 있는 검… 주위의 마력을 흡수해서 그 예리함을 증폭시키는 검이라면 나를 상처 입힐 수 있을 것이다.

즉…

그대들에겐 나를 죽일 수 있는 힘이 부여되어 있다."

"무슨 일을… 하고 싶은 거지?!"

"의식이다! 이것은!"

묻는 가우리에게 붉은 그림자는 양팔을 크게 벌리고 낭랑하게 선언했다.

망토 밑에는 진홍의 로브.

"나는 말했다!

과거에 그대들에게 죽었을 때!"

—역시…!

으득… 하는 작은 소리는 무의식중에 나 자신이 어금니를 깨문 소리.

"이제 두 번 다시 만나지 않을 거라고!

허나 시대는 다시 해후를 준비했다!

그렇다면…

나는 그대들을 쓰러뜨려야만 한다!

세계를 무(無)로 되돌리는 그 일보로서!

그저 죽이는 것이라면 너무나 쉬운 일.

허나 그래선 의미가 없다.

나를 쓰러뜨릴 수 있는 힘을 가진 그대들을 해치워야만 비로소 나는 세계를 멸하는 왕이 될 자격을 갖는다.

그래서 유도한 것이다.

이 땅. 이 장소로.

과거의 마수가 남긴 독기.

헬마스터가 남긴 사기(邪氣)와 금색의 어머니가 남긴 세계의 흔들림.

그것들을 이용해서 만든 이 세계로."

"그렇군…."

나는 말했다.

그래도 이번엔 어찌어찌 목소리가 나왔다.

"하지만…

꽤 시시한 고집을 부리는구나…. 마족의 왕치곤."

"왕이기 때문이다."

느릿하게.

붉은 모습이 한 발짝 앞으로 나왔다.

그에 맞추어 한 발짝 무심코 뒤로 물러서는 나와 가우리.

"별로… 이런 일엔 참가하고 싶지 않은데….

우리에게 무언가 이익이 있는 것도 아니고…."

"아니.

참가해줘야겠다."

느릿하게.

그것은 망토 밑에서 오른손을 내밀었다.

붉은 로브 자락에서 드러난 검은 손에는 막대기 같은 것이 들려 있다.

"그대들의 이점이… 없는 것도 아니다.

내가 만들어내고 내가 유지하고 있는 이 세계.

만약 그대들이 이긴다면 이 세계는 붕괴하고 그대들은 원래 세계로 귀환할 수 있다.

여기 있는 나를…

루비 아이(붉은 눈의 마왕) 샤브라니구두를 이긴다면…."

루비 아이 샤브라니구두.

전설의 시대.

이 세계의 존속과 멸망을 걸고 플레어 드래곤(적룡신) 쉬피드와 싸운 결과 그 몸이 일곱 개로 분리되어 봉인된 전설의 마왕.

그러나.

나와 가우리는 그것이 단순한 전설이 아니라는 걸 알고 있다.

지금으로부터 2년여 전.

우리의 눈앞에서 사람 속에 잠들어 있던 마왕의 조각 하나가 눈을 떴다.

―이제 만날 일은 없을 것이다.

마왕이 그 말을 입에 담은 것을 아는 자는 나와 가우리 외엔 두 사람뿐.

한 사람은 지금 어딘지 모를 곳을 여행 중.

그리고 나머지 한 사람은….

말할 것도 없이 루비 아이 샤브라니구두 자신이다.

―그럼 역시… 지금 눈앞에 있는 것은….

"아무래도 좋지만…

이렇게 느닷없이 나오면 어떡해…!"

비꼬는 말을 간신히 입 밖에 낼 수 있었다.

조금 목소리가 떨리긴 했지만.

"우리에게도… 사정이 있고 마음의 준비 같은 게 필요한데 말야…!"

"그런 건 알 바 아니다."

말하고 나서 다시 한 발짝.

마왕은 앞으로 걸음을 옮겼다.

그것이….

싸움의 도화선이 되었다.

압박감을 견디지 못하고 나와 가우리 두 사람은 동시에 좌우로 도약했다.

"에르메키아 란스!"

나는 '힘 있는 말'을 해방했다.

주문 영창은 생략했다.

공격이라기보다 마왕이 한 말을 확인하기 위함이었다.

그리고… 술법은 발동했다!

게다가 허공에 떠오른 빛의 창은 평소에 썼을 때보다 훨씬 강렬한 광채를 띠었다.

"GO!"

내 목소리에 따라 발사된 마력광이 마왕을 향해 돌진했다!

허나.

탁.

마왕이 들고 있던 막대기 끝으로 땅을 친 그 순간.

곤봉 끝 쪽에서 갓난아기 머리 정도의 크기를 가진 붉은 보옥이 출현했다.

"훗."

작은 숨소리와 함께 마왕은 막대기 끝에 있는 보옥을 치켜들었고….

그 보옥이 희미하게 빛남과 동시에 내가 쏜 빛의 창은 안개처럼 흩어져 사라졌다.

─그렇구나. 저 막대기… 아니, 지팡이는….

마왕의 그 동작에 맞추어.

소리도 없이.

검을 뽑아 든 가우리가 붉은 그림자에게 바싹 따라붙었다!

빠르다!

허나!

카앙!

마를 베어냈어야 할 검광은 붉은 그림자에게 도달하지 못하고 마왕이 들고 있던 지팡이에 의해 튕겨나갔다.

─저 지팡이는 역시….

마왕의 무기 아골장(餓骨杖).

그 이름만이 전설에 나오는 마의 지팡이.

아마 실제론 이것도 패왕장군 쉐라의 두르고파처럼 마왕 자신의 일부일 것이다.

튕겨나간 검의 흐름을 이용해 칼의 방향을 바꿔서 즉각 다음 공격을 펼치는 가우리. 그러나 마왕은 검을 튕겨낸 기세를 죽이지 않은 채 그 지팡이를 가우리 쪽으로 휘둘렀다.

비록 외형은 지팡이라고 해도 그것이 마왕의 무기라면 감추어진 파괴력은 심상치 않을 터.

만약 인간의 몸으로 저런 걸 맞는다면 어떻게 될지….

가우리도 그것을 깨달았는지 칼의 궤도를 다시 바꾸어 지팡이의 움직임을 흘려내고 뒤로 도약해서 거리를 벌렸다.

한순간의 공방.

쌍방 모두… 엄청나게 빠르다.

나도 가우리에게서 검의 수련을 받지 않았다면 방금 광경은 단순히 검과 지팡이가 몇 번 교차해서 떨어졌을 뿐으로 보였을 것이다.

물론… 먼 거리에서 칼의 움직임을 알 수 있다는 것과 싸울 수 있다는 건 하늘과 땅 차이이다.

만약 내가 마왕과 검을 겨룬다면 아마 얼마 버티지 못하고 패할 것이다.

물러난 가우리를 뒤쫓듯이 그 거리만큼 마왕이 앞으로 나왔다.

가우리를 향해 크게 휘두르는 일격.

물론 이런 건 가우리가 뒤로 도약해서 가볍게….

피할 거라고 생각한 그 순간.

화악!

휘두른 지팡이에서 만들어진 독기… 아니, 마력의 바람이 가우리를 때렸다!

"큭!"

더욱 뒤로 날아가는 가우리. 그것을 뒤쫓아 마왕이 달린다!

아마 착지할 때 균형을 잃은 순간을 노려 일격을 가할 생각이겠지만….

그렇게 놔둘 순 없지!

가우리와 마왕 사이의 거리가 벌어진 이 순간이라면 나의 엄호도 충분히 가능!

나는 땅에 척! 손을 대고.

"아스트랄 바인[魔皇靈斬]!"

땅에 무기 강화의 주문… 아니, 술법을 걸었다.

본래는 검 등에 걸어서 위력을 높이고 마족에게도 대미지를 입힐 수 있는 술법이다.

그것을 나는 주변의 땅에 건 것이다.

—?!

무슨 짓을 하려는 건지 이해하지 못하고 마왕의 주의가 한순간 그쪽으로 쏠렸다.

그리고 나는….

탁!

다른 한쪽 손을 땅에 댔다.

"땅이여, 내 의지에 답하라!

다그 하우트[地擊衝雷]!"

콰득!

내 목소리에 응해 대지가 융기하며 무수한 송곳이 되어 마왕을 향해 뻗었다!

물론 평소대로 했다면 이것은 단순한 흙덩어리, 마족을 상처 입힐 수 있는 힘은 없다.

그러나 이것에는 사전에 내가 건 아스트랄 바인의 힘이 서려 있다!

"칫!"

발을 멈추고 뻗은 마왕의 아골장. 그 보옥이 다시 희미한 빛을 내며 마력이 서린 대지의 창을 순식간에 무수한 흙덩어리로 되돌렸다.

그 순간.

파악!

그 흙덩어리를 뚫고 다시 가우리가 앞으로 나간다!

카가가강!

번뜩이는 은광. 맞받아치는 흰 궤적.

허를 찔린 탓에 마왕 쪽이 다소 밀리고 있지만.

허나.

파앗!

돌연 마왕을 중심으로 검은 무언가가 주위 공간에 펼쳐졌다.

경계하며 무심코 뒤로 물러나는 가우리.

그러나 동시에.

검은 무언가를 깨뜨리며 진홍의 그림자가 뛰쳐나왔다!

찌른 지팡이 끝에 가우리의 검이 충돌했고… 무언가의 압력에 튕겨나간다.

"?!"

가우리의 얼굴에 놀란 기색이 스쳤다.

그러나 그는 검이 튕겨나간 여파를 이용해서 아슬아슬하게 지팡이 공격을 피해낸다.

그대로 여러 번 크게 도약해서 내 옆으로 다가온다.

느릿하게.

이쪽으로 몸을 돌리는 샤브라니구두.

가우리는 그에게서 눈을 떼지 않은 채 나에게 작은 목소리로 말했다.

"리나! 녀석의 안쪽으로 파고들고 싶어!"

"알았어!"

그에 부응해서 나는 땅에 탁! 손을 댔다.

"다그 하우트!"

좌악!

마왕과 우리 사이의 지면이 다시 무수한 송곳으로 변해서 붉은 그림자에게 돌진했다!

맞받아치기 위해 지팡이를 겨누는 루비 아이.

서로의 시선이 무수한 송곳에 의해 차단되었고….

그리고 다시 한 방!

"다그 하우트!"

콰아!

주위의 지면이 융기하며 마치 거대한 해일처럼 마왕에게 밀려든다.

위에 가우리를 태운 채.

마왕이 지팡이의 마력을 발동시켰는지 송곳과 토사의 해일이 보이지 않는 공 모양으로 붕괴해간다.

그 순간 토사의 해일 위를 달리다 그것을 박차고 가우리가 도약했다!

"무엇을!"

허공에서 가우리가 소리쳤다!

일부러 눈치채게 하면 어떡해?!

아니나 다를까, 내가 만들어낸 송곳과 파도를 단순한 흙덩어리로 되돌린 마왕은 고개를 들고 가우리를 향해 지팡이를 겨누었다.

아랑곳하지 않고 분노의 목소리를 내는 가우리.

"무엇을 하고 있는 거냐? 넌!"

순간.

왠지 그 일갈에 루비 아이에게 동요의 기색이 떠올랐다.

촤악!

마왕이 약간 몸을 뒤로 뺐고 가우리의 검이 허공에 은색의 잔상을 새겼다.

닿긴 했지만… 얕다!

마왕은 왼손으로 가면을 잡고 있고 가우리는 그 상태에서 움직이지 않았다.

"이런 곳에서 무엇을 하고 있느냐고… 묻고 있잖아…!"

"……."

분노를 터뜨리며 묻는 가우리에게 마왕은 움직이지 않은 채 대답하지 않았다.

가우리는 말을 이었다.

"싸우는 습관은 그리 쉽게 변하는 게 아니야.

칼 솜씨가 전과 똑같아.

어둠을 눈가림으로 쓴다든지, 무기에 바람을 두르는 수법도!"

후우….

어깨를 떨구고.

마왕은… 크게 한숨을 내쉬었다.

지친… 완전히 지친 목소리로….

"들키고 말았나…? 들키지 않을 거라 생각했는데…

설마 너에게 간파당할 줄이야…."

"……?!"

나는 작게 숨을 삼켰다.

목소리는… 마왕의 것이 아니었다.

나.

그리고 가우리가 잘 아는 목소리.

그는 얼굴을 누르고 있던 왼손을 떼었다.

땡강….

가우리의 검에 의해 두 쪽으로 갈라진 흰 가면이 땅에 떨어졌다.

"루… 크…?"

나는.

떨리는 목소리로 그 이름을 불렀다.

4. 마를 멸하는 자들(데몬 슬레이어즈)

펄럭.

바람을 잉태하며 붉은 천이 허공에 펄럭인다.

벗어 던진 망토와 후드는 땅에 닿기도 전에 윤곽이 흐려지더니 허공에 사라진다.

"정말…

이런 거추장스러운 건 움직이기 힘들어서 못 입겠어."

여느 때의 어조로 그가 중얼거린 그 순간.

두르고 있던 로브 같은 옷이 줄어들며 가벼운 옷과 라이트 아머로 변화했다.

그것은… 여느 때와 같은 루크의 모습.

단지 세 가지 차이점…. 들고 있는 지팡이와 옷 색깔. 그리고… 불타는 듯한 진홍의 머리카락을 제외하면.

"아, 이거?"

내 시선을 눈치챘는지 그는 작게 쓴웃음을 짓고 왼손으로 자신의 머리카락을 만지작거린다.

"나 원래는 붉은 머리야.

염색을 했었지.

녀석이 붉은 머리는 좋아하지 않는다고 했거든."

여느 때와 다름없는 몸짓으로 말한다.

어딘지 쓸쓸하게.

"그나저나… 난처하네….

아니, 너희들은 감이 좋아서 어쩌면 들킬지도 모른다고 생각하 긴 했지만…

이렇게 쉽게 간파당할 줄이야.

이래선 껄끄러워서 못 싸우잖아."

"뭐야…."

나는.

그제야 목소리를 쥐어짜 냈다.

떨리는 목소리를.

"뭐야…? 이게…? 대체…?"

"뭐… 대충 설명하자면…."

그는 말했다.

장난을 치다 들킨 어린애처럼. 어딘지 어색하게.

"내 안에 또 다른 한 사람이 있었던 거야.

나 자신도 눈치채지 못했지만…

너희들이라면 알지?

레조 샤브라니구두가 각성했을 때 그 자리에 있었으니까."

"……."

—우리는….

그때 일어난 일에 대해 루크 일행에게 자세히 이야기한 적은 없다.

마왕을 해치웠다는 사실은 알고 있어도 누구의 몸에 빙의했는지까지는 알지 못해야 마땅하다.

보통이라면.

루비 아이의 본체… 전설의 시대에 일곱 개로 분리된 조각과 의식을 공유하지 않는 한.

―다른… 조각….

그는… 말을 이었다.

"그때와 다른 것은…

내가… 스스로 원해서 그것을 받아들였다는… 거야….

지금… 내 자아와…."

"내 자아는…."

"완전히 하나가 되었어."

하나의 입에서 두 개의 목소리가 번갈아 튀어나왔다.

루크의 목소리와… 마왕의 목소리.

"농담… 이지…?"

바람에 흐르는 중얼거림은 무의식중에 내 자신이 흘린 것.

"하지만… 눈이…."

"눈?

아, 너 뭔가 착각하고 있구나.

루비 아이(붉은 눈의 마왕)라는 이름 때문에.

레조 샤브라니구두 때 그것은 눈동자 속에 봉인되어 있었던 게 아니야.

그것은 인간의 마음속에 봉인된 것이었어.

그때에는 현자의 돌… 마력을 확대하고 해방하는 데몬 블러드의 조각을 삼켜서 해방된 거고,

내 경우는….”

말하고 나서 루크는 거기서 말을 끊더니 깊은… 깊은 한숨을 내쉬고.

“네가 말한 그대로였어….”

그는 말했다. 조용한 시선을 나에게 향하고.

“증오는 사라지지 않아….

무슨 짓을 해도….

세렌티아 마을을 나가면…

전부 잊을 생각이었어….

하지만… 안 되더군….

무언가의 계기로… 떠오르게 돼….

시간이 해결해준다는 말은 거짓이야….”

말한 루크의 시선이 한순간 아트라스에서 재회한 루비아의 눈동자와 겹쳐졌다.

─잊히지 않는… 법이에요.

그녀는 말했다.

루비아는 애정과 자기혐오라는 굴레를 짊어졌고….

그리고 루크도… 증오의 굴레에서….

"케레스 씨는 이제 원망하지 않아….

하지만… 정신을 차려보니…

인간이라는 존재를…

세계 그 자체를 원망하고 있었지…."

그 시선은 내가 아니라 멀리 저편에 있는 무언가를 바라보고 있었다.

이제 손이 닿지 않는 곳에 가버린 아득한 무언가를.

"그때…

깨달았어….

내 안에 또 하나의 존재가 잠들어 있다는 것을….

그리고 나는…

스스로 원해서 하나가 됐어. 그렇게 된 거지."

"어째서…?"

내 입에서 흘러나오는 건 얼빠진… 스스로 생각해도 질릴 만큼 얼빠진 물음뿐….

"루크."

가우리가 조용히 말을 걸었다.

나보다 꽤 또렷한 어조로.

"그 사건…

애당초 원인을 만든 건 마족이었다는 거,

알고 있어?"

"그래…. 알고 있어….

이제 와서 냉정히 생각하면 그 조드라는 녀석도 마족과 합성된 탓에 좀 이상해진 것일지도 모르고 말이야.

하지만…

아니, 그래서 더욱… 이라고 할까?

세상을… 원망했어.

인간과 마족의 합성이라는 걸 생각해낸 인간도,

어울리지 않게 쪼잔한 일을 벌여서 이상한 관계를 만들어낸 멍청한 다이나스트(패왕)… 마족도 말야."

"쪼잔한 일…?"

중얼거리는 나에게 루크는 고개를 끄덕였다.

"응.

그라우쉐라 녀석은 '단순한 식사'라고 얼버무렸지만…

그 일련의 사건은 그런 게 아니야.

천 년 전 피브리조가 저지른 일을 그저 흉내 낸 것뿐이지.

싸움이라는 자극을 주어 누군가의 안에 잠든 마왕을 각성시키기 위해서 말야….

계획이라고 부르기에도 바보 같은 허접한 도박이지."

그랬… 구나….

그렇게… 된 거였구나….

모든 것을….

그제야 알 것 같다는 생각이 들었다.

패왕장군 쉐라가 사람을 좀먹는 마검을 만들어서 이곳저곳에 퍼뜨리고 다녔던 이유.

마지막 순간 지었던 웃음의 이유.

그것은.

패왕장군이 만들어낸 마검 정도로는 잡아먹을 수 없는 혼을 가진 자를 찾아내기 위한 것.

즉.

혼 안에 잠든 마왕을 간직한 자를 찾아내기 위한 의식.

그리고 쉐라는 마지막 순간에.

발견한 것이다.

마검 두르고파를 잡고서도 멀쩡했던 인간.

루크를.

회심의 미소를 지으며 그것을 무언가의 방법으로 다이나스트(패왕)에게 전한 후….

그녀는 죽었다.

그래서.

다이나스트(패왕) 그라우쉐라는 가이리아 시티에서 소동을 일으킨 것이다.

마을을 떠난 우리를 불러들이기 위해.

구태여 우리와 아는 사람을 하급 데몬과 합성시켜서 우리에게 보내는 성가신 일을 한 것도 싸우기 껄끄럽게 하기 위해서.

갈등과 증오 속에서 마왕의 혼을 각성시키기 위해서.

―생각해보면….

미르가지아 씨와 메피의 참전이라는 요소도 있었지만 그때 마족들의 공격에는 어딘지 적극성이 결여되어 있었다.

―그때 나는 단순히 장난을 치고 있을 뿐이라고 생각했는데….

아니었다.

그들은 싸움이라는 극한 상황 속에서 루크의 안에 잠든 마왕의 혼을 각성시키려고 했던 것이다.

목적은 어디까지나 각성. 잘못해서 죽여버리기라도 하면 모든 게 허사.

―허나.

마족들이 인간을 상대로 '종이 한 장 차이로 봐주면서 싸우는 것'은 아마 불가능했을 것이다.

힘 조절을 어떻게 해야 하는지 알 수 없다.

하지만 결코 죽여선 안 된다.

자연스럽게 힘은 약해졌고… 그 결과, 그 싸움은 우리의 승리가 되었다.

루크 안의 마왕의 혼은 눈을 뜨지 않은 채….

그러나.

그것과는 전혀 다른 곳에서 일어난 사건이,

그가 가장 사랑하는 사람의 죽음이…

증오가.

어떤 의미에서 마족이 아닌 인간이.

루비 아이 샤브라니구두의 혼을 각성시켰다.

"인간도 원망했고, 마족도 원망했어.

그런 양쪽이 모두 존재하고 있는 세상을 원망했어.

만약…

내가 북쪽에 있는 또 하나의 '자신'을 해방하면 이 세계를 가루로 만들어버릴 수 있겠지."

북쪽에 있는 또 한 사람.

천 년 전 강마전쟁 때 아쿠아 로드(수룡왕)의 죽음과 맞바꾸어 마력의 얼음에 갇혀 지금도 카타트 산맥에 잠들어 있다고 하는 또 한 사람의 샤브라니구두.

'북의 마왕'이라 불리는 존재.

일곱 개로 분리된 마왕 둘이 각성한다면 분명 세계를 가루로 만드는 것도 가능할지 모른다.

"마족은 멸망을 원하는 존재.

세계를 멸망시킨 후엔 자신들도 멸해서 이윽고 모든 것은 혼돈으로 돌아간다.

그것이…

세계에 대한 복수."

"하지만

그 세계가 있었기에 너와 미리나는 만날 수 있었어.

틀려?"

"아아… 그래… 그 말이 맞아…."

여느 때와 마찬가지로… 여느 때와 완전히 마찬가지로… 어딘지 겸연쩍은 듯 머리를 긁적인다.

"그래서…

알 수 없게 되어버렸어….

솔직히 말해서… 너희들은 맘에 들어….

그 밖에도… 세상에는… 꽤 좋은 녀석들이 있어….

하지만… 그 이상으로

쓰레기 같은 녀석들이 많은 것도 사실이야….

내가 세상을 증오하는 것도 사실이고….

어떻게 해야 좋을지 알 수 없어서…

그래서… 너희들을 부른 거야…. 이곳에…

나를 쓰러뜨릴 수 있는 '세계'를 만들어서.

세계를 멸해야 하는 건지… 내가 죽어야 하는 건지…

어느 쪽이 올바른지… 확인하기 위해서…."

"농담하지 마…."

나는 떨리는 목소리를 쥐어짜 냈다.

시선을 돌리고.

"그런 일에… 참여하라니…."

나는 그제야 이해했다.

일부러 행차한 제로스가 '중립'이었던 이유를.

브라두의 숨통을 끊은 이유를.

마족이 본래의 역할을 다하기 위해서는 나와 가우리를 새롭게 부활한 '마왕'과 만나게 해선 안 된다.

만에 하나라도 마왕이 인간 따위에게 진다면 마족들의 목적 달성… 세계의 파멸은 그만큼 멀어진다.

그리고 나와 가우리는 전에도 그 '만에 하나'를 해낸 바 있다.

그렇다면 우리가 이곳에 도착하기 전에 말살하는 게 가장 좋은 방법.

그러나….

아마 제로스는 흥미가 있었을 것이다.

과거의 동료가 마왕으로 각성한 걸 알고.

싸우지 않으면 안 되게 되었을 때.

나와 가우리가 대체 어떤 반응을 보이는지.

그래서 '중립'이라는 입장을 취했다.

아마 그렇게 된 것이리라.

여전히… 성격이 더럽다….

"미안하게 됐어…. 정말로…."

"미안 운운할 때가 아니야!

그럼 뭐야?! 이상한 마족을 보낸 것도, 제로스를 보낸 것도, 내 가짜를 슬쩍 내보인 것도 모두 네가 한 짓이라는 거야?!"

"사실은…

내가 직접 가도 됐지만… 그렇게 하면 너희들은 감이 좋아서 도중에 눈치챌지도 모르잖아.

그리고… 또 함께 여행을 하다간 아무래도 피차 싸우기 껄끄러워지잖아.

설마… 검술로 눈치챌 줄은 생각지도 못했지만 말야….

어쨌거나 그래서 다른 녀석에게 안내를 부탁했어.

'입구'에서 너희들을 맞이한 검은 머리.

방법은 녀석에게 맡겼지.

하지만…

아무래도 카타트에서 얼어붙어 있는 녀석이 나와 너희들의 만
남을 싫어한 모양이더군.

뭐… 얼어붙은 상태인 탓에 의사소통도 잘 안 되지만.

하지만 그런 분위기랄까, 기분은 전해졌어.

그래서 밑에 있는 녀석들이 혼란을 겪은 거지.

그 결과 북쪽의 의지를 존중해서 너희들을 해치우려는 녀석과,
내 명령으로 너희들을 무사히 이곳으로 보내려는 녀석이 나오게
된 거야.

그래서 일이 이상하게 꼬인 거지.

어찌어찌 무사히 도착한 것 같지만."

"뭐가 무사하다는 거야…."

중얼거리고.

나는 어떤 사실을 깨달았다.

"잠깐.

무사라고 하면…

그 접수계는 누구야? 힘이 꽤 있는 녀석 같던데.

미르가지아 씨와 메피는 무사해?"

"아, 그거라면 괜찮아.

북쪽 녀석은 아까 말했던 그런 상태이고 애당초 그 두 사람은 안중에 없어.

난 그 두 사람에게는 손을 대지 말고, 너희들을 이 세계로 보낸 후엔 이 세계의 입구를 닫고 사라지라는 지시를 내렸고.

아마 지금쯤 그 개그 드래곤 아저씨와 편식 엘프는 어찌할 바를 모르고서 당황하고 있겠지."

말하면서 짓는 장난기 어린 웃음. 여느 때의 그와 다름없다.

"그럼 다행이지만…"

"그럼…."

옆에서 가우리가 입을 열었다.

"하급 데몬이 대량으로 발생해서 날뛰고 있는 사건….

각지에서 일어나고 있는 기상 이변….

그것도… 네가 한 짓이야?"

"특별히 내가 한 일은 아니야."

그는 어깨를 한번 으쓱하고,

"하급 녀석들은 별것 아니야.

내가 '각성한' 영향으로 모두 힘이 늘어서 날뛰고 있는 거니까.

뭐, 제지할 생각도 없으니 그냥 내버려두는 거지.

그뿐이야.

기상 이변 쪽은…

아마 이런 곳에 이런 세계를 만든 영향이 아닐까?

그런 것까지는 신경 쓰지 않았지만."

"그렇군…."

가우리의 목소리가 울려 퍼지고….

말이 끊겼다.

"이봐…."

잠시 생겨난 그 침묵을 깨뜨린 사람은 루크.

"슬슬… 시작하지 않겠어…?"

"……."

그 말에… 나는 작게 숨을 삼켰다.

—알고… 있었다.

그렇다. 알고는 있었다.

루크가 언젠가는 그렇게 말할 것을.

그는… 그러기 위해서 우리를 이곳으로 부른 거니까.

의식… 인 것이다. 이건.

루크가 세상과 결별하기 위한.

그는 우리가 맘에 든다고 말했다.

우리와 싸워서… 자신의 손으로 죽이는 것에 의해. 혹은 우리의
손에 죽는 것에 의해.

어찌 됐건….

그는 세상과 결별할 수 있다.

"루크…."

"이미… 결정된 일이야…."

그는 말했다.

어딘지 쓸쓸하게. 그리고 어딘지 개운한 듯.

"농담하지 마!

멋대로 그런 일을 결정한다고,

갑자기…

갑자기 그런 말을 한다고 고분고분 따를 수 있을 리 없잖아!

이것 말고…

이것 말고 다른 방법이 있을 거야!

어떻게 해볼 수 없어?!"

"나는 운명 같은 건 믿지 않아….

만약 '이것은 운명이 정한 일이다'라고 한다면 코웃음을 치며
도망칠 길을 찾겠지.

마왕에게 의식을 빼앗겼다고 하면 그런 건 억지로 되찾을 거야.

하지만…

이건… 운명 같은 게 아니야.

내 안에 잠든 또 한 사람의 자신… 샤브라니구두의 의사도 아니
야.

이건…

다른 누구도 아닌 내가 정한 일이야.

너희들과 싸워서… 결론을 내는 것.

물론 너희들이 무슨 일이 있어도 싸우지 않겠다면 억지로 싸울

생각은 없어.

너희들을 원래 세계로 되돌리고… 나는 북쪽 마왕을 해방해 세계를 파괴할 거야.

어쩌면 그 도중에 다시 너희들과 만날지도 모르지만… 그때에는 서로 단순한 적으로 만나게 되겠지.

어떡할래?"

"어떡… 하다니…."

대답할 수 있을 리가 없다.

루크가 바라고 있다고 해서… 그래서 서로의 목숨을 걸고 싸울 수 있을 리 없다.

허나… 싫다고 대답한다면 루크 자신이 말한 대로 세계를 파괴할 것이다.

어느 쪽도 선택할 수 있을 리 없다.

"그런 건… 말도 안 돼…!

그런 건 나와 가우리에게는 강요된 선택일 뿐이야!

인정 못 해, 그런 건!

다른… 무언가 다른 방법이 있을 거야!

세계를 증오한다고 했는데 분명 그것도 네 안에 있는 마왕의 마음 때문이라고!"

"아냐. 그게 아냐."

루크는 고개를 저으며 말했다.

"결과적으로… 난 내 속의 마왕을 받아들였어.

하지만…

만약 내 안에 그런 게 없었다 해도…

내 안에서 세상에 대한 증오가 사라지진 않아….

분명히 알 수 있어.

이건 틀림없는 나 자신의 의지야.

만약 만에 하나, 나와 마왕을 분리할 방법이 있어서, 그게 가능하다고 해도 내 안에 있는 증오는 사라지지 않아….

애당초 마왕의 의지 따위에 영향을 받았다면 구태여 너희들을 이런 곳에 불러서 승부를 하려고 생각지도 않았어.

냉큼 북쪽에 있는 녀석을 부활시켜 세계를 파괴하면 되니까.

다시 말해 역시…

이건 내 의지인 거야."

"하지만…."

"이렇게 할 수밖에 없어.

내 마음을 가라앉힐 수 있는 방법은…."

"알았어. 네 말대로 할게."

"가우리?!"

조용하게 내뱉은 가우리의 말에 나는 무심코 소리를 질렀다.

"잠깐?!

너, 상황을 이해하고 있는 거야?!"

"알고 있어."

그는 말했다.

온화한 눈동자로 나를 바라본다.

"우리도 운명이나 마왕의 고집 따위에 따를 의리는 없어.

하지만…

이건 루크 자신이 결정한 일이잖아?

우리가 이제 무슨 말을 해도 아마 루크는 바꾸지 않을 거야.

녀석의 마음은 녀석 외엔 모르고 녀석의 마음을 바꿀 수 있는 건 결국 녀석 자신뿐이니까.

그렇다면 우리가 할 수 있는 건 둘 중 하나야.

그 말에 따르느냐, 아니냐.

그것 뿐이야.

루크의 결정이라면…

따라주는 것도 좋지 않겠어?

물론 나도 루크와 목숨을 걸고 싸우고 싶지는 않아….

하지만…

따르지 않을 테니까 멋대로 하라고 말한다면…

그땐 정말 운명과 다른 사람에게 모든 걸 떠넘기는 일이 되지 않을까?"

"그건…."

그 말에 나는 말문이 막혔다.

"그리고 만약 우리가 원래 세계로 돌아간다 해도…

언제 마족이 공격할지, 아니면 누군가가 해결해줄지,

죽을 때까지 계속 그런 걸 걱정해야 해.

나는 그런 건 사양이야.

그리고…

난 너의 보호자야.

너의 미래를 운 따위에 맡길 수는 없어.

그래서…

내 손으로 어떻게 할 수 있을 때…

어떻게 하겠어.

괴롭다면 리나 넌 끼어들지 마.

나 혼자서라도… 할 테니까."

단호하게.

그렇게 말하고 가우리는 그 눈을 루크 쪽으로 돌렸다.

시선에 강한 의지의 빛을 띠고.

"치사해…, 가우리…."

나는 한숨을 내쉬며 중얼거렸다.

"그런 식으로 말하면…

그래? 그럼 열심히 해, 난 모르니까. 뒷일은 부탁해… 라고 말할 수 없잖아…."

나도….

나의 미래와 가우리의 미래….

지금까지 만난 여러 사람들의 미래를 운이라는 것에 맡길 생각은 없다.

알고 있다.

만약 정말로 '운명'이라는 게 있다고 하면….

자신의 손으로 그것을 바꿀 수 있는 것은….

지금이라는 것을.

그리고….

―가장 사랑하는 사람을 잃은 슬픔, 증오, 갈등….

이렇게 하는 것 외에는… 루크의 마음이 편해질 수단은 없다는 것을….

"알았어…."

나는 말했다.

쓴웃음을 지으며 루크에게 시선을 돌렸다.

"너의 결정에… 따르도록 할게…."

"미안해…."

"됐어… 이제….

다만

싸우는 이상 전력을 다할 거야."

싸운다.

친구로서 전력을 다해.

자신의 마음을 억누르고.

"미안…."

쓴웃음을 짓는 루크의 손안에 흰 가면이 출현했다.

조금 전까지와는 약간 다른 흰 가면.

눈동자에서 빛나는 보옥은 마왕을 나타내는 진홍이 아니라 루크와 같은 깊은 세피아색.

그것이 '그'의 얼굴에 단단히 달라붙었다.

'그'는 가우리에게 고개를 돌리고 말했다.

"원래 얼굴로 싸우면 껄끄러울 테니까.

말해두지만…

세렌티아 때처럼 봐주는 건 없어."

"응."

"피차일반이야."

'그'가 고개를 끄덕인 후 몇 발짝 물러서자….

들고 있던 지팡이가 변형해서 붉은 보옥이 손잡이에 들어간 한 자루 검으로 변했다.

"간다."

그리고 그는.

마왕의 목소리로 싸움의 시작을 알렸다.

우리에겐 '그'를 쓰러뜨릴 수 있을 만한 힘이 있다.

머릿속을 전투 모드로 전환하고.

마음을 억누르며 나는 순식간에 머릿속으로 계산했다.

가우리의 블래스트 소드─'그'의 말에 따르면 주위의 마력을 예리함으로 전환하는 검─이라면 마력으로 가득한 이 이 세계의 공기와 '그' 자신이 가진 마력을 이용해서 '그'를 벨 수 있는 검이 된다.

그리고 나는 이 세계에선 주문 영창 시간이 지연되는 일이 없어서 '힘 있는 말'만으로 술법을 발동시킬 수가 있고, 허무의 검⋯ 라그나 블레이드를 장시간 발동시키는 것도 가능하다고 한다.

그리고 숫자상으론 2대 1.

허나⋯.

이래도 전력이 결코 유리하다곤 할 수 없다.

예전에는 가우리의 검술이 루크보다 뛰어났고⋯ 마력과 술법의 종류와 응용 면에선 내가 루크를 웃돌았다.

그러나 지금.

루크는 마왕과 동화된 탓인지 체술에 있어선 가우리와 동등할 정도로 향상되었고 마력에서 이제 나를 훌쩍 능가할 것이다.

그럼 남은 건 나와 가우리 두 사람의 연계. 그리고 내가 술법을 어떻게 사용하느냐가 포인트인데⋯.

마왕의 힘을 빌린 술법이 마왕 자신에게 통할 리가 없다.

이것은 어느 정도 마법을 배운 자에게는 상식이다.

그렇다면⋯.

마왕의 심복들의 힘을 빌린 술법은 과연 마왕에게 통할까?

아무리 이 이세계에 마력이 넘치고 있고 술법의 위력이 향상되었다고 해도 그런 술법으로 '그'가 충격을 받을 것으론 도저히 생각되지 않는다.

하물며 땅·물·불·바람의 정령마술 따윈 애당초 순마족에게조차 통하지 않으니 그에게 통할 리 없을 것이다.

그렇다면 확실히 효과가 있는 건 정신 계열의 정령마술과….

로드 오브 나이트메어(금색의 마왕)의 힘을 빌린 술법.

허무의 일부를 끄집어내는… 바꿔 말하면 자신의 몸에 로드 오브 나이트메어의 일부를 강림시키는 술법, 기가 슬레이브는 역시 쓸 수 없다.

이곳은 원래 세계와 얇은 종이 한 장으로 격리된 세계라고 '그'는 말했다.

그리고 마력으로 가득 차 있다고.

즉 만약 불완전판의 기가 슬레이브를 이곳에서 쓴다면 육체를 빼앗길 우려도 있다.

그리고 '그'라면 헬마스터와 달리 '그녀'를 잘못 보는 실수는 하지 않을 것이다.

그럼… 남은 건 허무의 검 라그나 블레이드.

허나 이것에는 치명적인 결점이 하나 있다.

즉.

접근해서 맞히지 않으면 안 되는 것이다. 상대를.

보통이라면 지속 시간이 극단적으로 짧은 이 술법도 이 공간에서라면 장시간 사용이 가능하다고는 하지만….

그렇다고 해도 사정거리는 검과 비슷한 수준.

접근해서 휘둘러 명중시켜야 하는 게 당연히 필수적.

나도 검술은 어지간한 검사에게 밀리지 않는다.

허나 지금 '그'의 기량은 가우리급….

나로선 훨씬 미치지 못한다.

그런 '그'에게 일격을 날릴 수 있을까?

솔직히 말해 어렵다.

잘못하면 반격을 당해 한 방에 끝난다.

그렇다면 승산은… 역시 가우리뿐?

어쨌거나 가우리가 접근전을 시도하고 내가 중거리에서 어찌어찌 지원하는… 형태가 될 수밖에 없다.

짧은 눈싸움 속에서 순간적으로 내가 기본 방침을 그렇게 결정한 순간.

마치 그것을 기다리고 있었다는 듯 '그'가….

아니, '마왕'이 움직였다.

'마왕'이 달려 나가자 동시에 가우리 역시 땅을 박차고 그쪽으로 내달렸다.

나도 여느 때의 버릇으로 주문을 외우기 시작했고….

순간 마왕의 모습이 사라졌다!

공간을 이동한 건가?!

그렇다면 출현 장소는….

그러나 반사적으로 돌아보려던 나의 눈앞에 붉은 모습이 출현했다!

아뿔싸!

생각해보면 당연한 사실! '마왕'의 입장에선 나에게 접근전, 가우리에게 중·원거리전을 펼치는 쪽이 유리할 게 뻔하다!

그것을 예측하지 못한 건 나의 실수!

한순간에 여러 가지 일들이 일어났다.

"에르메키아…!"

반사적으로 '힘 있는 말'을 해방하려는 나.

그 눈앞에서 붉은 그림자가 사라진다.

공간을 이동한… 건 아니다.

바로 지척에서 풋워크를 써서 내 사각으로 돌아간 것이다.

보이지 않아야 마땅할 그 위치에서 '마왕'이 나에게 칼을 내리치는 걸 뚜렷하게 본 듯한 느낌이 들었다.

가까운 곳에서 풍기는 '죽음'의 냄새.

예전에 없이 짙은.

허나.

"어림없다아아아아!"

가우리의 외침.

그가 크게 검을 치켜들었다.

물론 칼날이 닿는 거리는 아니다.

나는 깨달았다.

그는… 검을 집어 던질 생각인 것이라고.

불리한 도박.

그러나….

'죽음'의 냄새가 순식간에 사라졌다.

무슨 일이 일어났는지는 금방 알았다.

'마왕' 역시 가우리가 하려던 일을 눈치챈 것이다.

그리고… 가우리를 상대로 도박을 하는 걸 피하고 나에게서 거리를 벌린 것이다.

그 사실을 깨닫자 동시에 나는 몸을 돌리고….

"란스!"

돌아서자마자 '힘 있는 말'과 그것이 만들어낸 빛의 창을 붉은 그림자를 향해 쏜다!

그러나 상대는 들고 있던 검으로 빛의 창을 베어버렸다!

파직!

피어오르는 섬광!

동시에 뒤쪽으로 도약하는 나.

빛을 가르고 붉은 그림자가 다가온다.

나는 다시 한번 뒤로 도약하고….

뒤로 다가온 다른 그림자와 엇갈렸다.

가우리!

카앙!

마를 베는 검과 마왕의 검.

두 개의 칼날이 부딪치며 이계의 대기를 뒤흔들었다.

그 순간의 공방.

몸에 아직 남아 있는 '죽음'의 냄새의 여운.

마음을 고쳐먹고 나는 눈앞의 싸움에 집중했다.

찌르고 내려치고 쳐올리고 피하고 흘리고 누른다.

서로의 위치를 현란하게 바꾸며 두 사람은 검을 교차시켰다.

두 사람이 떨어진 그 순간.

"베피스 브링[地精道]!"

나의 대지를 뚫는 술법이 땅 그 자체에 간섭해서 '마왕'의 발밑에 있는 땅을 없애버렸다.

별안간 발밑에 함정이 출현했으니 보통 상대라면 어떻게 손도 써보지 못하고 떨어져서 치명적인 허점을 만들 것이다.

그러나 '마왕'은 곧바로 공중에 떠올랐는지, 언제 발밑의 땅이 사라졌냐는 듯 미동조차 하지 않았다.

허나… 그곳에 가우리가 돌진했다.

함정에 빠지는 건 공중에 떠서 피할 수 있지만 디딜 발판이 없으면 검과 검의 공방에선 압도적으로 불리해진다.

캉! 카강! 캉캉!

허나.

내 예상을 크게 배신하며 '마왕'은 아무것도 없는 허공을 힘차게 밟으며 가우리와 칼을 겨누었다.

여러 번 칼을 교차시킨 후 느릿하게 뒤로 물러서는 '마왕'.

이대로 가우리가 앞으로 전진하면 내가 판 구멍에 빠진다.

제아무리 가우리라도 공중을 걸을 수 있는 능력은 없다.

"후욱!"

날카로운 호흡 소리와 함께 거리를 벌리고 일단 뒤로 물러나는 가우리.

'마왕'도 동시에 뒤로 물러났고…

파앗!

'마왕'을 중심으로 확산된 검은 무언가가 주위 공간을 잠식했다.

공격력이 있는지 없는지는 알 수 없지만 조심해서 나쁠 건 없다.

더욱 뒤로 물러나서 거리를 벌리는 가우리.

검은 무엇인가는 확산될 때처럼 갑작스럽게 별안간 다섯 곳에 집결되더니….

다섯 개의 검은 '마왕'의 모습을 만들어내었다.

눈가림인가!

아마 본체는 하나. 나머지 네 개는 검은 '무언가'가 만들어낸 가짜.

그러나 가짜라고 해도 '마왕'이 만들어낸 것. 어느 정도의 위력이 있는지는 알 수 없다. 이 또한 얕보면 위험하다.

일단 숫자를 줄여갈 수밖에 없다!

"제라스 브리드!"

그레이터 비스트(수왕) 제라스 메탈리옴의 힘을 빌린 술법.

'마왕' 본체에 어느 정도의 효과가 있을지 거의 기대는 할 수 없지만 가짜를 깨뜨리는 정도는 가능할 터.

그 술법을 나는 이미지 속에서 다섯 개로 분열시켰다.

정확하게 말하면 순간적으로 머릿속에서 떠오른 주문에 수정

188 |

을 가해서 동시에 영상 이미지를 상기한 것.

주문 수정 방법은 간단.

하나의 불의 창을 다수의 불화살로 분열시키는 것과 같은 요령이다.

물론 현실에선 이 술법을 분열시키는 게 불가능하다.

허나 마력이 강한 이 세계라면….

그러나.

만들어진 빛은 하나뿐.

그것은 '검은 마왕' 하나를 뚫고 무산시켰다.

가짜였나?

그때에는 나머지 넷이 가우리를 향해서 달려들었다!

이만큼 쌍방이 접근하면 원거리에서 섣부른 엄호는 가우리를 다치게 한다.

'검은 마왕'의 흑검이 일제히 가우리를 향해 뻗었고….

"이까짓 것!"

파바바밧! 캉!

가우리의 검이 순식간에 '검은 마왕' 세 개를 베고 네 번째 검에 막혔다.

"'그림자' 쪽이 더 늦어!"

"그렇다면!"

가우리의 검을 튕겨내고 '검은 마왕'은 이번엔 다시 셋으로 분열해서 가우리에게 향한다!

"아직 늦어!"

외치며 가우리는 두 개의 그림자를 베었고….

순간!

콰앙!

베인 두 개의 그림자가 폭발했다!

대폭발을 일으킨 건 아니다.

그러나 가우리의 태세를 무너뜨리기엔 충분할 정도의 위력.

마력의 폭발은 아니었지만 폭발에 휘말린 '마왕'은 미동도 하지

않고 검을 치켜들었다!

—가우리!

촤악!

'마왕'의 검이 가우리를 베었다!

가우리의… 허벅지 부분을.

폭발의 순간.

피하지 못할 것으로 판단한 가우리는 폭풍을 이용해서 도약해

서 거리를 벌렸던 것이다.

가우리는 여러 번 땅을 구른 후 몸을 일으키다가….

털썩 무릎을 꿇었다.

대미지는 적지 않았던 건가?!

지금 공격당하면 아무리 가우리라도 위험하다!

"다이나스트 브라스!"

나는 술법을 쏘았다!

'마왕'의 주위에 생겨나는 번갯불….

그러나 '마왕'이 검을 한 번 휘두르자 그 번갯불들은 무수히 분열해서 궤도를 바꾸어 가우리에게 쏟아졌다!

가우리는 손과 발을 써서 도약했다.

그러나.

파직!

미쳐 날뛰는 번갯불 하나가 그의 몸에 명중했다!

쿵.

무거운 것이 땅에 떨어지는 기분 나쁜 소리.

"가우리! 가우리!"

내 부름에… 그는 작게 몸을 꿈틀거렸다….

"죽지는 않았다."

'마왕'이 말했다.

담담하게.

그렇구나….

나와 가우리가 연계하면 성가시다…. 그래서 먼저 나를 노리는 척해서 연계를 취할 틈을 주지 않고 가우리를 쓰러뜨렸다….

"죽지는 않았지만… 가벼운 상처도 아니다.

빨리 나를 쓰러뜨리고 원래 세계로 돌아가서 치료를 하면 살 수 있을 것이다.

허나 그러지 않으면…

알고 있겠지?"

―다시 말해… 죽음….

생각한 순간.

폐가… 오그라들었다.

―그렇게 놔둘 순 없다. 절대로.

"일대일의 승부…, 나에게는 시간제한이 있다는… 거구나…."

목소리는 내가 생각해도 놀랄 만큼 차분했다.

느릿하게.

'마왕'은 내 쪽으로 걸어왔다.

"그럼 간다!"

말하고 나서 나는 양손을 겨누고….

"에르메키아 란스!"

콰아!

그러나 내가 쏜 빛의 창을 '마왕'은 피하려고 하지도 않았다.

정통으로 그 몸에 맞고도 아무런 동요도 보이지 않는다.

"설마… 방금 공격이 통했다고 생각하지는 않겠지?"

"그럴 리가! 실험이야. 실험!"

말하고 나서 나는 양손을 뻗었다.

"사계의 왕의 혈옥이여! 나에게 더한 마력을 부여하라!"

간략화한 주문… 아니, '카오스 워즈'의 부름에 데몬 블러드의
탤리스먼이 빛을 내뿜었다.

네 세계의 마왕… 루비 아이(붉은 눈의 마왕), 다크 스타(어둠을

뿌리는 자), 카오틱 블루(창궁의 왕), 데스 포그(하얀 안개), 각각을
나타내는 네 가지 색의 보옥이 내 마력을 증폭시킨다.

―이걸로….

"에르메키아 란스!"

뒤이어 쏜 일격을 '마왕'은 다시 정면으로 맞았다.

"흐음, 공정한 실험이다.

확실히 위력이 올라갔군."

아무렇지도 않은 듯 태연하게 말한다.

우아, 열받아!

그렇다면!

"제라스 브리드!"

내가 쏜 빛의 띠는 마왕이 휘두른 검에 의해 너무나 쉽게 튕겨
나갔다.

"기회는… 한 번밖에 없다고 생각해라."

'마왕'은 말했다. 여전히 걸음을 옮기며.

"너의 허무의 검이 나를 베어낼 기회는.

보통 술법은 나에게 통하지 않는다.

허나 그거라면 내 검과 함께 내 육체를 베어낼 수도 있다.

다만…."

"다이나스트 브라스!"

파직파직파직!

달려든 마력의 번갯불은 검이 한 번 휘둘러지자 휘감겨서 허공

에 흩어졌다.

"나 역시 그 사실을 인식하고 있다."

'마왕'은 말을 이었다.

—소용없다고 생각하지만….

"프리즈 브리드[氷結彈]!"

카앙!

다음에 쏜 얼음의 주문은 '마왕'을 거대한 얼음덩어리에 가두었다.

발을 묶어놓기 위한 공격이다.

허나.

마치 아무 일도 없었다는 듯한 발걸음으로 '마왕'은 얼음을 뚫고 나왔다.

역시… 마력의 영향이 강해져 있다고 해도 기본 법칙 자체가 바뀌는 건 아닌 듯, 이 세계에서도 땅·물·불·바람의 정령 주문은 마족에게는 통하지 않는다!

재빠르게 뒤로 물러서는 나.

"따라서 나는 그대의 허무의 검에서 몸을 피하고 그 후에 공격을 할 것이다.

정면으로 싸우면 기량이 위인 내가 이긴다.

내가 그대의 검을 피하든지,

그대가 나에게 일격을 명중시키든지,

기회는… 한 번뿐이라고 생각해라."

나는 물러섰고 마왕은 여전히 걸음을 옮긴다.

단숨에 거리를 좁히려고 하지 않고.

마치… 내가 결의를 굳히기를 기다리고 있기라도 한 듯.

"정면으로 승부하라고?! 꽤 남자다운 짓이네! 하지만 유감스럽게도 난 여자야!"

말하면서 내 머리는 어지럽게 움직이고 있었다.

'마왕'이 말하는 불리한 도박은 최후의 최후의 최후의 수단.

아니, 서로의 실력 차이를 생각하면 도박이라기보다 오히려 자포자기에 가깝다.

다른 무슨 방법은 없는 건가?

그럼 이건?!

"라 틸트[崩靈裂]!"

본래 나는 쓰지 못하는 술법이다. 간단한 술법이라면 몰라도 고위의 술법은 주문 영창과 동작 외에 일종의 이미지 트레이닝이 필요하다.

라 틸트 등에 관해선 나는 그 이미지 트레이닝을 할 수 없는 것이다.

허나.

콰아!

술법은 발동했다!

푸른색 빛의 기둥이 '마왕'을 휘감았고….

검이 한 번 휘둘러지자 소멸했다.

"본래 못 쓰는 술법을 억지로 발동시켜봤자…

결국 이 정도."

—이것도… 틀렸나?!

허나 분명해진 것도 있다. 제라스 브리드와 다이나스트 브라스, 그리고 방금 전의 라 틸트를 '마왕'은 검으로 튕겨냈다.

뒤집어 말하면 그 공격들을 명중시키면 타격을 입힐 수 있다는 말이 된다.

—물론… 그 '타격'이 '꽤'인지 '조금'인지는 모르지만.

이길 수 있는 방법은 둘 중 하나.

라그나 블레이드 같은 일격필살의 술법을 날리든지,

제라스 브리드 같은 술법을 착실히 여러 발 맞혀서 그의 힘을 빼앗든지.

허나… 어느 쪽도 현실적이라곤 할 수 없다.

라그나 블레이드로는 맞히기가 너무 어렵다.

그렇다고 제라스 브리드급의 술법을 상대가 가만히 여러 발이나 맞아줄 리도 없다.

아니…, 본래 내가 쓰지 못하는 술법이 발동했으니 가우리의 상처를 강력한 회복 주문 '리저렉션(復活)'으로….

아니, 아니. 그러려면 시간이 걸린다. '마왕'이 그것을 가만히 보고만 있지는 않을 것이다.

마력으로 충만한 이 세계에서 데몬 블러드로 마력 증폭을 해도 '마왕'은 이렇게나 압도적인….

…….

나는 그 자리에서 발을 멈추었다.

그것은 단순한 착상.

허나.

라그나 블레이드를 펼치기 전에 시험할 필요가 있다.

"마음을… 굳혔나?"

'마왕'이 땅을 박차려고 한 그 순간.

우직!

나는 오른손의 탤리스먼에 붙어 있는 보옥… 푸른 데몬 블러드를 깨물었다!

돌의 강도를 가진 그것은 무슨 까닭인지 내 입속에서 쉽게 부서지며 사라졌다.

데몬 블러드…. '마왕'의 말에 따르면 그것은 '완전한 현자의 돌'. 강력무비한 마력 증폭기.

"이계의 왕 '카오틱 블루'!"

그것은 주문 같은 게 아니라 그저 '카오스 워즈'로 이름을 부른 것.

"그대의 혈옥을 대가로 내 앞에 그 힘을 보여라!"

"뭣이?!"

마왕의 경악한 목소리.

원래 세계와 종이 한 장 차이로 격리된 세계.

그것은 다시 말해 다른 세계와 종이 한 장만큼 가까운 세계.

그리고.

쾅아!

창궁이 빛을 냈다.

수면에 파문이 번지는 것처럼 빛의 파문이 번지며 그 중심에서 푸르스름한 빛의 기둥이 '마왕'을 덮친다!

"크아아아아아아아아아아악!"

소리 없는 빛의 압력에 '마왕'의 절규가 메아리쳤다!

진홍의 그림자는 눈부신 빛에 삼켜졌고….

"크아아아아아아아아악!"

만들어진 붉은색 빛이 흰색 빛을 푸른 하늘로 밀어냈다!

하늘은 잠잠해졌고 '마왕'이 멈춰 섰다.

"다… 다른 세계 마왕의 주문…?"

통했다! 확실히!

그렇다면!

"이계의 왕 '데스 포그'!"

그리고 이번엔 왼손의 흰 보옥.

"그대의 혈옥을 대가로 내 앞에 그 힘을 보여라!"

파앗!

'마왕' 주위의 공간이 희게 물들었다.

그것은 분명히 안개와 비슷했다.

콰아!

안개가 소용돌이쳤다. 허공이 울부짖었다.

우리 세계의 마왕을 난도질하기 위해.

"크오오오오오오오오오!"

외침 소리… 아니면 비명.

우직!

무언가가 부서지는 작은 소리. 그리고.

촤악!

물이 땅에 쏟아지는 소리와 함께 흰색이 튕겨나가 대기로 돌아갔다. 한 발짝 헛걸음질을 친 '마왕'이 든 마검에는 뚜렷하게 금이 가 있었다.

나는 허리의 탤리스먼을 뜯어내서 검은 보옥을 깨물었다.

"이계의 왕 '다크 스타'!

그대의 혈옥을 대가로 내 앞에 그 힘을 보여라!"

부웅.

공간이 낮게 신음 소리를 냈다.

"……!"

순식간에 펼쳐진 검은 무언가는 붉은 그림자를 삼키며 집결했다!

마왕의 목소리조차 집어삼키며 그것은 끝없이 작게… 허무를 향해 압축되었고….

소리도 없이.

공간이, 어둠이 튕겨나갔고….

느릿하게.

붉은 마왕이 일어섰다.

상당한 충격을 받은 것 같긴 하지만….

내 수중에 남은 데몬 블러드는 하나. 그것은 눈앞의 상대… 우리 세계의 마왕 샤브라니구두의 것이다.

이래선… 전혀 의미가 없다.

그렇다면 역시… 남은 수단은….

…….

—아니.

대답은.

처음부터 그곳에 있었다.

그런 생각이 들었다.

"끝인가…?"

'마왕'이 그 얼굴을 이쪽으로 돌렸다.

쓰고 있는 가면에는 무수한 금.

허나 그 목소리에서 기력은 사라지지 않았다.

"그렇다면…

지금이야말로 결판을 낼 때.

간다!"

외치며 '마왕'이 땅을 박찼다!

조금 전의 3연속 공격 때문에 움직임은 다소 둔하지만….

붉은 그림자가 내 쪽으로 가까이 다가왔다!

대지를 꾹 밟고 맞서는 나!

—아직이야! 아직!

양자의 거리가 단숨에 좁혀졌다. 검을 들고 있던 '마왕'의 손이 약간….

—지금이다!

"라그나!"

나는 오른손을 높이 치켜들었다!

"블레에에에에에에이드!"

붉은 그림자가 멀어졌다.

허무의 검이 허공을 갈랐다.

'마왕'은 사정거리에서 종이 한 장의 차이로 비스듬히 뒤로 도약해서 이 일격을 피한 것이다.

그리고 순식간에 거리를 좁힌다!

나는 오른손을 내려친 후 그 기세로 몸을 틀며….

왼손에 만들어낸 허무의 검을 휘둘렀다!

"쌍검?!"

'마왕'의 경악한 목소리!

붉은색과 검은색이 교차했고….

샤악!

아무런 저항도 없이.

허무의 검이 베어낸 건 '마왕'이 들고 있던 검뿐!

'마왕'은 크게 뒤로 물러났고….

"승패는 결정되었군."

손안의 칼날은 순식간에 재생했다.

나는 한순간 상하로 몸을 흔들어서 튀어 오른 가슴의 탤리스먼… 붉은 보옥을 입에 물었다.

"황혼보다 어두운 자여…."

우직! 입속에서 데몬 블러드가 깨졌다.

루비 아이 샤브라니구두의 데몬 블러드가.

"피의 흐름보다 붉은 자여!"

나는 양손을 '마왕'에게 뻗었다.

허무의 검을 없앤 상태로.

"시간의 흐름에 파묻혀 잠든 마왕이여!"

양손 안에 만들어진 붉은 광채.

"드래곤 슬레이브[龍破斬]!"

콰아아아아아아아앙!

붉은 폭광이….

'마왕'을 휘감았다.

붉은색 빛이 낯선 세계의 땅을 불태웠다.

후우….

입술에서 새어나오는 작은 한숨.

그리고.

옅어져가는 불꽃 속에 그림자 하나.

"모르는 건 아닐 텐데…."

불어오는 맹렬한 바람을 뚫고.

'마왕'의 목소리가 나에게 도달했다.

과거에 어딘가에서… 같은 광경을 보았다.

기시감(데자뷔).

"나의 힘을 빌린 술법이 내 자신에게 통하지 않는다는 걸."

그렇다. 나는 그 사실을 알고 있다.

통할 리가 없다. 보통이라면.

"그런데 왜 쏜 거지? 왜?"

폭연 속에서 드러난 '마왕'의 그림자.

그것이….

그 자리에 무릎을 꿇었다.

"왜 내가 소멸하는 것이냐…?"

그렇다.

드러난 '마왕'의 몸을 채색한 붉은색은 지금은 그을려 빛이 바랬고, 지팡이 삼아 기대던 그 검은 품속에서 산산이 부서졌다.

"대답은… 네가 알고 있을 거야."

나는 말했다.

바람의 여운에 머리카락과 망토를 나부끼며.

"마왕의 힘을 빌린 술법으로 마왕 자신에게 상처를 입힐 수는 없어.

왜냐하면 그건… 자신을 죽이는 데 힘을 보태달라는 어리석은 요청에 불과하니까.

하지만 만약…"

뒤늦게.

터져 나올 듯한 오열을 삼키며.

나는 뒷말을 이었다.

"너 자신이 스스로의 죽음을 바라고 있었다면?"

바람이… 분다.

"아아… 그렇군…."

흘러나온 목소리는… 결코 마왕의 것이 아니라… 내가 아는 루크의 목소리….

매우… 지친….

그러나 평온한 목소리….

"그렇군…. 난… 그저…

녀석이 있는 곳으로… 가고 싶었을 뿐… 이었던 거야….

너희들의 손에 의해…"

그는… 땅에 주저앉았다.

"미리나 녀석은…

단둘이 있게 된… 그 방에서…

나에게… 말했어….

말했어….

사람을… 미워하지… 말라고….”

바람이 분다.

말이 흐른다.

“나는… 그 말을… 받아들일 수 없었어….”

목소리는 점점… 가늘어지며….

“미안… 해….”

그 말은 누구에게 한 것일까?

바람이 불며.

모래로 변한 그를 날려 보냈다.

그리고… 그가 만들어낸 세계가….

사라져간다.

노크 소리가 났다.

“나다.”

들려온 목소리는 미르가지아 씨의 것이었다.

“음?”

침대에서 몸을 일으키려던 가우리를 손으로 제지하고….

“열려 있어요.”

돌아보지도 않고 나는 대답했다.

—모든 일이 끝난 후….

나와 상처를 입은 가우리는 사일라그 시티 한복판에 출현했다.

뭐… '시티'라고 해도 한창 재건 중이라 작은 마을 정도의 규모에 불과하지만….

다행히 가우리가 입은 상처는 생각만큼 심하지 않아서 일단 나는 여관을 잡고 치료를 했다.

그리고 다음 날.

안정을 위해 누워 있는 가우리 옆에 앉아서,

그가 쓰러진 후 대체 무엇이 어떻게 되었는지,

그에 대한 이야기를 방금 마친 참이었다.

문을 열고 들어온 기척은 두 개.

돌아볼 것도 없다. 미르가지아 씨와 메피 두 사람.

"이봐요! 갑자기 모습을 감추…

아니, 다쳤어요?!"

"치료는 끝났어.

상처도 완전히 아물었고.

지금은 안정을 위해 쉬고 있을 뿐이야."

메피의 말에 돌아보지 않고서 대답했다.

"무슨 일이… 있었지?"

미르가지아 씨의 물음. 잠시 동안의 침묵.

나는 느릿하게 입을 열었다.

"마왕을 해치웠어요.

그저 그랬을 뿐이에요."

""마왕…?!""

"정말… 이냐…?!"

"거짓말을 해서 어쩌려고요."

입을 모아 묻는 미르가지아 씨와 메피에게 나는 지친 목소리를 되돌렸다.

"정말이라면…."

메피가 감탄하는 목소리가 울려 퍼졌다.

"굉장해요….

정말 당신들은….

데몬 슬레이어즈(마를 멸하는 자들)라고 할 만해요."

"필요 없어…. 그딴 칭호는…."

나는 작게 내뱉었다.

잠시 동안의 침묵.

"우리도 이 여관에 방을 잡도록 하지."

조금 멋쩍은 듯한 미르가지아 씨의 목소리.

"진정되면… 조금 자세한 이야기를 해주기 바란다.

가자, 메피."

"아… 예."

쾅당.

문이 닫히는 소리.

두 개의 기척이 멀어져간다.

"리나…."

가우리가 중얼거렸다. 나를 바라보며.

―방금 그 태도는 맘에 안 들어.

그렇게 말할 줄 알았는데.

"울고 있어?"

"보면 알잖아. 울긴 뭘 운다고 그래."

"음… 보면 알아…. 울고 있어….."

"너 말야… 눈이… 나빠진 거 아냐? 어디가….."

말이 중간에 끊겼다.

"미안해…. 울고 있는 것 같아….."

"이제야 인정하는군."

"방금… 눈치챘어….

우리는… 루크와 미리나의 풀 네임조차… 몰랐다는 걸….

그렇게 생각하니… 왠지… 갑자기….."

"괜찮아. 울어도."

가우리는 내 뺨에 그 손을 뻗었다.

"루크 녀석이 무엇을 바랐다고 해도…

우리가… 녀석을 죽인 사실은 변하지 않아….

하지만… 여러 가지 무거운 걸 짊어지면서도 그래도 인간이라는 건 앞으로 전진해야 해.

루비아도 노력하고 있어.

루크는… 이겨내지 못했지만

리나 너라면…

그럴 수 있잖아?

그걸 위해서라면 지금은…

괜찮아. 울어도….”

“바보….”

원 참… 이 남자…. 평소엔 바보인데… 이상한 면에선 강하다니
깐….

그리고 나는….

조금 울었다.

“자, 그럼…

슬슬 가볼까? 메피.”

“예. 아저씨.”

갑자기.

두 사람이 그렇게 말한 건 사건으로부터 며칠 지난 낮의 일이었
다. 가우리도 이제 완전히 회복했고 방금 나온 음식점에서도 여느
때와 같은 양의 식사를 피망을 모두 골라내며 먹어치웠다.

장소는… 사일라그의 큰길.

큰길이라고 해도 어디까지나 재건 도중의 마을. 길은 분명 넓지
만 건물도 드물고 사람도 그리 많지 않다.

그러나 재건 도중이라 활기는 가득했다.

잃어버려도… 그저 한탄하기만 하는 게 아니라,

보다 나은 내일을 만들기 위해 다시 앞으로 전진하기 시작한다.

인간이라는 존재는 꽤 끈질기다.

"가다뇨…? 왜 또 갑자기….

어디로요?"

"겨울잠 준비?"

옆에서 한 가우리의 말에….

"……."

"아아아아아아. 죄송해요. 죄송해요. 다신 안 그럴게요."

아무 말 없이 미르가지아 씨가 바싹 다가오자 황급히 손을 휘휘

저으며 손이 발이 되도록 빈다.

혹시 가우리… 너… 일부러 그러는 거야…?

미르가지아 씨는 가우리에게서 떨어져 시선을 내 쪽으로 돌렸

다.

"사건 자체는 끝났다고 해도 대량으로 발생한 하급 데몬들이

사라진 건 아니니까."

여전히 담담한 어조로 말했다.

물론 사건의 경위는 지난 며칠간 두 사람에게도 이야기했다.

"얼마 동안 메피와 함께 각지를 돌며 녀석들을 토벌하려고 한

다."

"그게 아니더라도 꽤 흉악한 마족이 여기저기서 어슬렁거리고

있다는 걸 알았으니 말이죠.

이번에 만난 제로스도 그렇고 그 두 여자 마족도 그렇고…."

그렇게 말하고 메피는 미르가지아 씨에게 물었다.

"그러고 보니… 누구였죠? 그 두 사람.

상당한 힘이 있는 것처럼 보였는데."

"눈치 못 챈 거냐? 메피? 그들이 누구인지."

돌아온 건 뜻밖이라는 듯한 목소리.

"아시나요? 아저씨."

"확실히 알고 있는 건 아니지만…

아마 그레이터 비스트(수왕) 제라스 메탈리옴과 디프 시(해왕) 달핀일 거다."

푸훕!

아무 일도 아니라는 듯 태연한 그 말에 무심코 내뿜는 나와 메피.

"제…! 제…!"

"다…! 다…?!"

"그 두 사람에게선 제로스 이상의 힘을 느꼈다.

지금 마족들 중에서 제로스 이상의 힘을 가지고 실제로 움직일 수 있는 자라고 하면…

그 두 사람밖에 없겠지."

사뭇 당연하다는 듯한 어조의 미르가지아 씨.

"아니… '없겠지'라뇨….

마… 만약 그렇다면 엄청나게 호화로운 접수계였네요…."

"자… 잘도 무사했네요…. 우리…."

"음,

그때 섣불리 손을 대기라도 했다면 우리도 무사하진 않았겠지.

다행히 그 후 아무 짓도 안 하고 모습을 감추었기에 망정이지,

지금 생각해도 몸이 떨리는군."

아니, 미동도 하지 않고 무표정한 얼굴로 그렇게 담담하게 말하면 전혀 무서운 것처럼 안 보인다고.

"어쨌거나,

그렇게 된 거다. 인간들이여,

인연이 있으면 또 만나겠지."

"그럼 잘 지내요."

맥이 빠질 만큼 선뜻….

미르가지아 씨와 메피는 등을 돌리고 떠났다.

"왠지… 훌쩍 가버렸구나."

"안심한 거겠지."

그 뒷모습을 바라보면서 내 중얼거림에 답하는 가우리.

"안심?"

"응."

가우리는 내 머리에 툭 손을 얹었다.

"네가 기운을 찾아서 말야.

그래서 안심하고 자신들이 할 일을 하러 간 거야."

"안심… 이라니…?

내가 그렇게 실의에 빠져 있었나?"

"조금."

말하고 가우리가 시선을 돌렸을 때에는,

거리에서 이미 미르가지아 씨와 메피 두 사람의 모습은 사라지고 없었다.

"자, 그럼

어떡할까? 우리는."

"글쎄?

특별히 목적이 있는 것도 아니고…

아…

나에게만 맡기지 말고 너도 좀 생각해봐! 가우리!

네 의견이라든지 어디로 가고 싶다 하는 거 없어?"

"음… 글쎄…?

———그럼…."

가우리는 내 눈동자를 똑바로 바라보았다.

"네 고향집… 은 어때?"

"뭐…?"

심장이 철렁했다.

나는 황급히 고개를 돌렸다.

"저… 저기, 가우리…

너… 네가 무슨 말을 하고 있는지…

그게 어떤 의미인지 알고 하는 말이야?!"

"응… 그래."

다정한… 목소리.

"뭐…?"

다시 작게 몸을 떠는 나.

얼굴이 달아오른 걸 스스로도 알 수 있었다.

가우리는 다정한 목소리로 말했다.

"전에 고향 제피리아는 포도의 명산지라고 했잖아.

지금 딱 제철이라고."

"식욕이었냐아아아아아아!"

퍼어어어어어어어억!

곧바로 품속에서 꺼낸 슬리퍼로 번갯불 핀잔을 날리는 나.

"왜 그래…?

포도 싫어해?"

"그게 아니라!

으아아아아! 이제 아무래도 좋아!"

"그럼 제피리아로 결정이로군."

"어째서 그렇게 되는 거야?!"

"네가 '아무래도 좋아'라고 했으니까."

"너 말야…."

"가끔은 고향으로 돌아가는 것도 좋을 거야. 분명."

"……."

후우….

뭐… 가끔은 그것도 나쁘지 않나….

왠지 이 남자 이번엔 묘하게 강경한데….

실은… 전부 다 알고 있는 게 아닐까…?

"뭐… 상관없지만….

알았어.

그럼 목적지는 내 고향집.

제피리아의 수도 제필 시티!

오케이?"

"응!"

그리하여 나와 가우리는.

나란히 걷기 시작했다.

아마 앞으로의 여행에도

분명 또 여러 가지 사건이 있을 것이다.

만남도 있고 이별도 있고.

어쩌면 또 이번 같은 경험을 할지도 모른다.

허나.

슬픔과 아픔을 잊고 눈을 감는 게 아니라…

가슴에 안고 극복하며

나는

내일을 웃으며 살 생각이다.

— 슬레이어즈 끝 —

작가 후기

작가 + L

작 : 이리 하여 드디어 장편 마지막 권!

「데몬 슬레이어즈」를 보내드렸습니다!

「슬레이어즈」도 이것으로 끝.

L : 다음 주 이 시간부터는 하트풀 대마왕 코미디 「두근두근☆혼
돈 매지컬 에르링♪」을—

작 : 안 해, 절대로 안 해.

L : 큭…! 끝까지 말하지도 않았는데!

S : 정말 무례한 분이군요. L님께 그 태도는 뭡니까.

작 : —엑…?

어째서…

L : 아아, 장편의 마지막 권 후기니까, 부하 S도 출연시켜 주자,
싶어서.

S : 핫핫핫.

이게 모두 아름답고도 관대하신 L님의 관용 덕분입니다.

작 : …그, 그게….

L : 「슬레이어즈」라면 그래도 부하 S를 **빼놓아선** 안 되는 이야기

잖아. 그렇다면 마무리로 이런저런 이야기를 들어볼까 하고.

S : 감사하옵니다!

허나, 저는 L님이라는 지고의 존재가 계시기에 여기 있을 수
있는 몸!

그런 의미에서 이 「슬레이어즈」의 진정한 주연은 L님이라 단
언해도 과언이 아니지 않겠습니까!?

아니 오히려!

그것이야말로 본질! 진리가 아닐지 생각해볼 일입니다.

작 : …저기….

L : 이거, 부끄럽네. 그런 칭찬을 받으니.

S : 부끄러워하실 일이 아닙니다! 당신은 전 세계의 찬송을 받아
마땅하신 분!

작 : …잠깐 질문을 해도 될까?

L : 응? 뭐지?

S : 찬사를 드리는 도중에 질문이라니, 예의라는 것을 모르는 자
같으니. 뭡니까?

작 : 그게.

여기 출연은 했는데 후기 타이틀 밑에 부하 S의 이름이 없는
점, L의 손에 뭔가 수상쩍은 컨트롤러가 쥐어져 있는 점, 그리
고 S의 삐져나온 머리카락에 뭔가 전극이 튀어나와 있는 점
사이에 뭔가 연관성이 있는 거 아닐까 싶어서.

L : ……

작 : ……

L : 큭…! (삑)

S : 핫핫핫, 무슨 말씀을 하시는 겁니까. 무슨 우습지도 않은 농
담을.

기분 탓이에요, 기분 탓.

작 : …이거… 로봇이야…?

헉! 설마 본인의 뇌 개조를…!?

L : 무, 무슨 소릴 하는 건지! (삐빅삐빅꾹꾹)

S : L님께 무례한 발언과 트집 잡기, 지나친 무례 아닙니까! (끼
익)

작 : 어라…! 뭔가 커맨드를 입력했지! 그거 놔!

…억! 뭐야 그 주사기!?

L : 아, 으응.

걱정 안 해도 돼, 걱정 없어.

작 : 걱정이 된다고ㅇㅇㅇㅇㅇㅇ!

뚜욱

(수술 중)

L : ―자아.

약간의 소동이 있었지만 어쨌든 장편의 마지막 권이네.

작 : (전극이 달려 있다) 이 「슬레이어즈」가 장편 단편 합해서 이

만큼 이어진 것도, 응원해주신 독자 여러분과 후기를 맡아주신 L님의 덕분이죠.

정말 깊이 감사합니다.

L : ……

내가 질러놓고 이런 소리 하긴 좀 그렇지만…

작가가 대놓고 칭찬을 하니 영 기분이 더럽네….

그럼 사고를 통상 모드로 변환할까… 여차.

작 : …헉!? 나는 대체 무엇을…!?

L : 아, 아무래도 좋잖아.

남은 건 후기를 마무리하는 것뿐이니까.

작 : 아, 알았어.

「슬레이어즈」는 이것으로 완결.

앞으로의 리나와 가우리가 어떻게 될지―명확한 답은 일부러 준비하지 않았습니다.

게임과 TV, 코믹스에서 패러렐 월드로 제3부가 전개되고 있습니다만, 다른 미래도 있을 수 있습니다.

다양한 상상망상의 여지를 남겨둔 채, 이 이야기를 마무리할까 합니다.

독자 여러분, 지금까지 함께 해주셔서 정말 감사드립니다.

S : 하지만 단편 「슬레이어즈」의 후기가 있는 한, L님은 반드시 나타납니다.

L : 그러니 여러분 '셀렉트'와 '스매시'의 타이틀이 붙은 단편도

읽어 주신다면 기쁘겠어요.

작 : 그럼 언젠가, 어디선가 다시 만납시다.

후기 : 끝

※ 이 책은 이전에 발행되었던 「슬레이어즈 15 데몬 슬레이어즈!」를
가필수정한 것입니다.

슬레이어즈 15
데몬 슬레이어즈!

1판 1쇄 인쇄	2020년 8월 8일
1판 1쇄 발행	2020년 8월 15일

지은이	Hajime Kanzaka
일러스트	Rui Araizumi
옮긴이	김영종

발행인	정욱
편집인	황민호
본부장	박정훈
마케팅	조안나 이유진 이수정
국제판권	이주은 김준혜

제작	심상운 최택순 성시원
발행처	대원씨아이㈜
주소	서울특별시 용산구 한강대로15길 9-12
전화	(02)2071-2018
팩스	(02)749-2105
등록	제3-563호
등록일자	1992년 5월 11일
ISBN	979-11-362-3784-2 04830

SLAYERS Vol.15 : DEMON SLAYERS!
ⓒHajime Kanzaka, Rui Araizumi 2008
First published in Japan in 2008 by KADOKAWA CORPORATION, Tokyo.
Korean translation rights arranged with KADOKAWA CORPORATION, Tokyo.